À l’oreille d’Atlas

Charlotte Bousquet
Illustrations de Raphaël Gauthey

À l'oreille d'Atlas

RAGEOT

Cet ouvrage a été imprimé sur un papier
issu de forêts gérées durablement,
de sources contrôlées.

Certifié PEFC
Ce produit est issu de forêts gérées durablement et de sources contrôlées.
PEFC™ 10-31-2772
pefc-france.org

IMPRIM'VERT
Votre imprimeur agit pour l'environnement

Couverture : Raphaël Gauthey.

ISBN 978-2-7002-3963-8
ISSN 1951-5758

Pour Keyrann et Dîn.
Pour Kim, Mexico, Rémi, Berlingot, Argos,
Assarab, Maya, Mabrouk et les autres.
Vous aurez toujours une place dans mon cœur.

Pour Anne et Paule, mes amies cavalières.

« Faites du cheval un compagnon
et non un esclave,
vous verrez quel ami extraordinaire il est. »
Nuno Oliveira

« Il n'y a pas de mauvais cheval. »
Proverbe

1

Pénélope s'arrêta devant la porte de Vaillant, son cheval préféré, et caressa son chanfrein. Elle avait le cœur serré. Trois jours, à peine, s'étaient écoulés depuis qu'elle avait conclu ce pacte avec Gillian, sa rivale de toujours, mais elle le regrettait déjà. Renoncer à Vaillant ? Quelle idiote ! Et tout cela pour clouer le bec à cette pimbêche et ses amies ! Le jeu en valait-il seulement la chandelle ?

Pas vraiment, se dit-elle en embrassant le bout du nez de l'animal.

Mais il était trop tard pour reculer. Sentant peser sur elle son regard étonné, la jeune fille s'éloigna vers le fond de l'écurie et gagna sans enthousiasme le box d'Atlas.

Dès qu'il l'entendit arriver, le petit barbe[1] gris coucha les oreilles en arrière et l'observa d'un œil méfiant. Quand Pénélope ouvrit le verrou, il lui présenta immédiatement sa croupe, hostile.

– C'est pas gagné, grogna-t-elle en posant son matériel de pansage à côté de la mangeoire.

L'adolescente s'empara de l'étrille, tenta de passer sur sa gauche. Atlas se déroba, sa longue queue piquetée de paille fouettant l'air avec nervosité. Elle recula. Il avait la réputation de chiquer et de botter facilement : mieux valait ne pas prendre de risque.

Elle fouilla dans la poche de son jean. Par chance, il lui restait l'un des bonbons à la pomme dont Vaillant était friand. Elle le posa dans sa paume ouverte et le lui offrit. Atlas recula encore puis, intrigué par l'odeur de la friandise, allongea l'encolure et s'en empara.

Pénélope en profita pour s'approcher de lui et attraper une poignée de crinière. Il se crispa, prêt à mordre.

– Ça va, je ne vais pas te frapper !

1. Très ancienne race de chevaux née en Afrique du Nord. Rustiques, endurants, les chevaux barbes ont pour particularité d'avoir le dos court, des pieds petits et durs, une encolure forte et une crinière abondante.

D'ordinaire, elle parvenait facilement à établir un contact avec les chevaux, même les plus timides. La défiance manifeste d'Atlas était vexante. D'autant plus vexante qu'elle avait le sentiment d'être percée à jour. Comme si, ayant deviné qu'elle n'avait pas envie d'être avec lui, Atlas refusait toute communication.

Je réfléchirai la prochaine fois au lieu de foncer tête baissée à la moindre provocation, songea-t-elle.

Cela s'était passé le week-end précédent, juste après l'annonce des résultats du concours de T.R.E.C.[1] interclubs. Vaillant et elle l'avaient emporté, pour la deuxième année consécutive. Gillian, arrivée en cinquième position sur Vénus, une petite jument pie au caractère égal, avait fondu sur elle, une lueur mauvaise au fond de ses yeux noirs.

« Ça va ? Ce n'était pas trop difficile pour toi, cet après-midi ? » avait-elle grondé.

Gillian était jalouse, bien évidemment. Et, bien évidemment, la situation avait dégénéré.

1. T.R.E.C. : Techniques de randonnée équestre de compétition. Le T.R.E.C. comporte trois épreuves : le parcours en terrain varié (obstacles naturels, branches basses, gués, portails, etc.) ; le couloir sur 150 mètres, le couple doit être capable de passer du petit galop à l'arrêt puis au pas rapide ; enfin, le parcours d'orientation réservé aux plus aguerris.

« Tu sais quoi, Pénélope ? Tu te permettras de jouer les stars quand tu monteras un cheval un peu plus difficile que Vaillant ! »

« Parce que tu crois que Vaillant t'éviterait d'oublier la moitié du parcours ? », avait rétorqué la jeune fille.

Gillian en serait venue aux mains si leur altercation avait eu lieu en privé. Mais il y avait du public, alors elle s'était contentée de l'insulter. Furieuse, Pénélope avait fini par lui proposer ce marché stupide. Ce marché qui la menait, aujourd'hui, dans le box de ce barbe désagréable, et non dans celui de l'alezan qu'elle adorait.

« Je te laisse Vaillant jusqu'au prochain championnat interclubs, en juin, avait-elle déclaré. Moi, je prendrai le cheval de ton choix. Si je gagne, tu auras intérêt à me faire des excuses. Et si je perds… »

Si Pénélope perdait, elle devrait panser et seller pendant un an la monture de son ennemie. Une fois le pacte scellé, Gillian avait tourné les talons avec un sourire de triomphe :

« Allons trouver Val. Je suis sûre qu'elle sera ravie de savoir qu'Atlas a enfin trouvé cavalière à son pied. »

Pénélope se mit à étriller l'animal. Ses poils étaient maculés de poussière et de crottin séché. Il lui permit de frotter son encolure et son garrot, mais poussa un cri d'avertissement et esquissa un coup de pied dès qu'elle descendit vers son ventre. L'adolescente recula, un peu impressionnée. Atlas lui tourna le dos.

Déterminée à rester patiente, elle saisit une brosse douce et tenta de nouveau de l'approcher. Pas de bonbon, cette fois, mais une poignée de paille. Atlas l'autorisa à poursuivre le pansage. Esquivant un coup de dents, elle fit de son mieux, consciente que Val, sa nouvelle monitrice, ne manquerait pas de lui faire remarquer une négligence et termina en démêlant son épaisse crinière grise – cela, au moins, il semblait apprécier.

Les autres élèves commençaient à sortir leurs montures de l'écurie quand elle posa la selle sur son dos. Elle le sangla doucement, mais il renâcla et leva la tête le plus haut possible lorsqu'elle lui passa son filet. Quand, enfin, l'adolescente quitta le box, tenant Atlas en main, elle était en sueur.

Pourtant, le cours n'avait pas encore commencé.

Dans la carrière, ses cinq camarades, Gillian sur Vaillant en tête, marchaient déjà sur la piste.

Au milieu, Val, jeune femme grande et athlétique arrivée au club un mois auparavant, les observait avec attention, donnant à chacun conseils et encouragements.

En pénétrant dans l'enclos, Pénélope surprit le regard moqueur de Gillian et serra les dents. La voir se pavaner sur Vaillant lui donnait envie de hurler.

– J'ai tenté de brosser Atlas, mais c'est quasi impossible, expliqua-t-elle en rejoignant Val. Désolée.

La monitrice plissa les yeux et l'aida à se mettre en selle.

– Tu t'attaques à un gros morceau, Pénélope, dit-elle. Mais je suis convaincue que cela peut être enrichissant, pour toi comme pour lui.

Enrichissant ? L'adolescente en doutait. Au bout d'une demi-heure, elle n'avait qu'une envie, se réfugier dans un box pour y pleurer. Elle avait déjà monté des animaux difficiles, qu'ils soient nerveux ou brutaux, paresseux, retors ou sensibles. Jamais encore elle n'avait eu affaire à un cheval semblable à Atlas. Il était inconfortable, revêche et indifférent.

Avec lui, elle avait le sentiment de ne pas exister. Il avançait, se pliait aux exercices sans rechigner, mais refusait tout contact.

Durant le cours, Pénélope eut beau essayer, elle fut incapable de le faire venir dans sa main[1]. Atlas refusait de courber l'encolure, levant la tête dès qu'elle insistait. À la fin de l'heure, elle était découragée et triste. Il la rejetait et elle n'éprouvait aucune affection pour lui ; cependant, son attitude la blessait.

Gillian n'aurait pu choisir meilleure monture pour lui gâcher la vie. Elle avait presque envie d'aller la voir et de reconnaître sa défaite. Vaillant valait bien une petite humiliation, non ? Mais l'orgueil, l'attitude moqueuse de sa rivale, l'en dissuadèrent.

Pénélope jouait avec Tom, le grand beauceron du club, quand elle perçut une présence à ses côtés. Val s'était approchée, un livre blanc et bleu entre les mains.

1. Quand un cheval est dans la main, il cède dans sa bouche et se détend, salive et se met en place, l'encolure arrondie et le chanfrein droit. Ainsi il accepte de travailler, il est à l'écoute.

– Tu connais un peu l'histoire d'Atlas ? demanda la monitrice de but en blanc.

L'adolescente haussa les épaules. Elle n'en savait pas plus que les autres : arrivé à La Balzane quatre mois plus tôt, détestable au box, insignifiant en reprise, trouillard en balade, peu d'avenir au club.

– Pas vraiment, avoua-t-elle enfin, regardant le chien se lancer à la poursuite d'un des derniers papillons de l'automne.

– Il n'a pas eu beaucoup de chance. Il a été trimballé de centre équestre en centre équestre, n'a jamais eu le temps de se poser ni de trouver sa place. Et puis il n'a pas toujours été bien traité.

Pénélope se mordit les lèvres, soudain honteuse de son ressentiment. Atlas avait peut-être toutes les raisons du monde de se méfier.

– Comment tu sais ça ? interrogea-t-elle d'une petite voix.

– Je n'aime pas voir les chevaux malheureux. J'ai mis un peu de temps à me pencher sur son cas parce qu'il y a beaucoup de travail, ici, et que je viens d'arriver, mais je suis convaincue qu'Atlas a du potentiel et ne demande qu'à s'épanouir.

Pénélope leva les yeux vers sa monitrice. Celle-ci lui rendit calmement son regard. L'adolescente y discerna de la confiance, de l'espoir, une lueur de défi également. Soupira, comprenant qu'elle n'avait pas vraiment le choix. En réponse, Val sourit et lui tendit l'ouvrage qu'elle tenait entre ses mains. Un manuel d'éthologie.

2

Pénélope bâillait en arrivant au collège Marie-Jaell. Elle avait passé une partie de la nuit à lire l'ouvrage que lui avait prêté sa monitrice. Il y était beaucoup question du comportement des chevaux sauvages, de la hiérarchie établie au sein du troupeau, des attitudes et des moyens de communication entre congénères. L'équitation éthologique tentait de développer, à échelle humaine, un dialogue inspiré de ces observations.

En somme, il s'agissait d'apprendre le langage des chevaux avant de leur imposer celui des hommes.

L'auteure, une Australienne, accordait une place essentielle au travail à pied et aux exercices en liberté ; elle détaillait, de façon critique et constructive, les différentes méthodes d'équitation éthologique : les unes fondées sur le développement de la confiance et du respect, les autres sur un rapport plus proche des relations entre dominant et dominé au sein de la horde.

Selon cette spécialiste, si aucune de ces méthodes ne devait être appliquée comme une recette-miracle, il y avait en chacune d'elles des éléments à prendre et adapter à chaque cheval.

Pénélope avait vu un nombre incalculable de vidéos montrant des couples galopant sans mors ni bride au bord de la mer, des cavaliers capables d'enchaîner les obstacles ou de réaliser des exercices de dressage à cru. Cela la faisait rêver, mais quand elle imaginait des courses à en perdre le souffle dans les champs fraîchement moissonnés, c'était avec le petit alezan qu'elle adorait. Son compagnon, sa moitié équine, avait pour nom Vaillant, pas Atlas.

Val, cependant, avait réussi à éveiller en elle de la sympathie pour le barbe. Pas étonnant qu'il soit si méfiant avec les humains s'il avait passé sa vie à changer d'environnement, s'il avait été frappé !

– Pénélope, peux-tu répéter ce que je viens de dire ?

L'adolescente sursauta, prise en flagrant délit de rêverie par Mme Caillou, alias « The Rock », sa professeure de français.

– Je… heu… en fait, non, grimaça-t-elle en rougissant.

– Ça ira pour cette fois, parce que tu es bonne élève, mais tâche de te reprendre, sinon…

Sinon, Pénélope en serait quitte pour des devoirs supplémentaires – et pas une rédaction, non. Plutôt les exercices de grammaire longs et fastidieux qui faisaient la réputation de l'enseignante. Elle baissa les yeux sur son cahier et, pendant le reste de l'heure, s'efforça de se concentrer.

Durant la récréation, elle demeura à l'écart. C'était ainsi depuis le début de l'année. Depuis qu'elle avait changé de collège pour intégrer une classe européenne.

Cette fois, la solitude, loin de lui peser, lui permit de se plonger dans le livre que Val lui avait prêté.

En SVT, elle s'assit à côté de son binôme, Néo. Un fauteur de troubles, agressif, insolent, qui avait été renvoyé de deux établissements. Des rumeurs couraient à son sujet : les unes disaient qu'il avait été pris avec de la drogue, les autres qu'il avait tenté d'étrangler un camarade. Une aura de drame et de mystère planait autour de lui, sans que personne sache exactement ce qu'il en était.

Avec Pénélope, il n'était pas désagréable, se contentait de répondre par monosyllabes à ses rares questions et de copier sur elle durant les contrôles. Mais il s'était déjà battu avec deux garçons et avait menacé un autre de lui faire la peau, cutter à l'appui – ce qui lui avait valu deux jours d'exclusion, et un avertissement. Quant aux enseignants, la plupart le considéraient comme un cas désespéré et le renvoyaient de leurs cours à la moindre provocation.

Il me fait penser à Atlas, se dit-elle, jetant un coup d'œil en coin à l'adolescent à la chevelure emmêlée, au profil fin et droit.

Néo surprit son regard ; fronçant les sourcils d'un air maussade, il lui tourna à moitié le dos et, ignorant l'exposé du professeur sur l'hérédité, se mit à griffonner un dessin sur un grand carnet.

Le reste de la journée passa avec une lenteur désespérante. Néo, bien évidemment, fut mis à la porte du cours de sciences. Pénélope faillit s'endormir en maths et fut interrogée trois fois en allemand renforcé par M. Muguet, qui éprouvait un malin plaisir à la prendre en défaut pour la seule raison qu'elle était bilingue.

À la sortie du collège, Pénélope croisa Gillian et ses amies ; deux d'entre elles, Anne et Judith, faisaient de l'équitation à La Balzane avec elles.

La troisième, Dana, était dans sa classe. Populaire, presque femme, elle ensorcelait la majorité des garçons. La rumeur voulait même qu'elle soit sortie avec le guitariste d'un groupe du lycée. Dana l'avait très vite prise en grippe et elle était, avec Gillian, l'une des principales causes de son isolement.

Le petit groupe la regarda passer en ricanant. Pénélope fit de son mieux pour ne pas se sentir blessée et enfourcha son vélo, direction La Balzane. Elle ferait ses devoirs en rentrant.

L'adolescente pédalait rapidement, étonnée par son impatience. Elle n'aurait jamais pensé avoir envie de retrouver Atlas : sa nuit de lecture et les mots de Val résonnaient en elle plus qu'elle ne l'aurait cru. À présent, elle ne le considérait plus comme un cheval sans charme, sans intérêt mais comme un individu avec une histoire et de bonnes raisons de se méfier.

En arrivant, elle fut accueillie par les aboiements joyeux de Tom et de Lucky, l'autre chien du club.

Elle attacha son vélo et se dirigea vers les écuries. En chemin, elle croisa Éric, le propriétaire des lieux. Avec sa carrure de géant, sa tignasse poivre et sel attachée en catogan et son bouc, l'instructeur semblait tout droit sorti d'un film de cape et d'épée. Il avait d'ailleurs été cascadeur sur plusieurs tournages avant de se tourner vers la randonnée, puis d'ouvrir son propre centre équestre.

– Alors, comme ça, lança-t-il, tu t'es mis en tête de transformer notre vilain petit canard en cygne ?

– Je vais essayer, répondit Pénélope, intimidée.

– Écoute, je songe sérieusement à me séparer de lui. Cela me fend le cœur parce que je connais son passé, c'est pour ça d'ailleurs que j'ai accepté de l'accueillir ici. Le problème, c'est qu'il commence à devenir ingérable. Chaque fois qu'un cavalier entre dans son box, il risque un coup de pied. Et à l'extérieur, il ne pense qu'à une chose : s'échapper. Mais si Val et toi parvenez à le recadrer, je te promets de réviser mon jugement.

– Je dois le préparer pour le prochain championnat interclubs…

– Je n'attendrai pas jusque-là, ma puce. Mais je te laisse jusqu'à la fin de l'année. Ça te va ?

Pénélope hocha la tête, à la fois heureuse et effrayée. Heureuse, parce qu'en lui permettant de s'occuper d'Atlas, Éric montrait qu'il lui faisait confiance. Effrayée, parce que cela signifiait que le sort du barbe gris était entre ses mains.

Le box de Vaillant était vide : il était sans doute au pré. Pas de regrets, donc, à se diriger vers celui d'Atlas. Il lui tourna aussitôt le dos, crispé au point qu'elle eut l'impression que sa colonne vertébrale s'était soudain rétractée.

L'adolescente posa calmement le matériel de pansage sur la mangeoire, sortit de sa poche des friandises à la pomme, lui en tendit une. Il la prit du bout des lèvres, suspicieux mais intéressé.

Au lieu d'en profiter pour se rapprocher de lui et le brosser, comme la première fois, Pénélope en glissa une autre dans sa main et lui tourna le dos, s'inspirant du manuel qu'elle avait lu. Son cœur battait un peu vite, parce qu'elle ne le voyait plus et craignait une morsure ou un coup de sabot.

Ne pas le regarder. Lui permettre de se décider.

C'était la meilleure façon de le laisser venir vers elle. Le face à face pouvait être perçu comme une agression. Une catastrophe, avec certains chevaux timides ou méfiants.

D'abord, il ne se passa rien.

Pénélope avait chaud, transpirait.

Ensuite, il y eut le froissement de la paille.

Pénélope se passa la langue sur les lèvres.

Le bruit d'un mâchonnement, signe qu'Atlas commençait à se détendre.

Sa propre tension quitta ses épaules.

Enfin, elle sentit un souffle chaud contre sa paume.

Atlas saisit le croquant, le mangea et revint tout contre elle.

Doucement, sans le regarder, elle le grattouilla entre les naseaux. Lui donnant un troisième bonbon, elle se retourna lentement et caressa son encolure. Atlas demeura immobile, frémissant mais moins inquiet.

Pénélope s'empara d'une brosse à crins.

Le cheval recula.

Elle se déplaça doucement vers son épaule, entreprit de lisser ses longues mèches grises. Elle procédait lentement, calmement, fredonnant une comptine allemande que sa mère lui chantait lorsqu'elle était enfant.

Ich bin ein Musikante
Und komm aus Schwabenland
Wir sind auch Musikanten
Und kommen aus Schwabenland
Ich kann spielen auf der Geige
Wir können spielen auf der Geige
Sim sum serim
Sim sum serim
Sim sum serim
Sim sum[1]...

1. Je suis musicien/et je viens de Souabe/Nous sommes aussi musiciens/et nous venons de Souabe/Je peux jouer du violon/Nous pouvons jouer du violon...

Pénélope ne vit pas le temps passer. Imperceptiblement, elle avait créé entre Atlas et elle une bulle qui les isolait complètement du monde extérieur, une bulle protectrice à l'intérieur de laquelle le barbe et elle étaient en harmonie.

Aussi, quand elle entendit les cavaliers rentrer leurs montures après une heure de cours, elle sursauta, brutalement ramenée à la réalité. Atlas secoua la tête et s'écarta d'elle. Déçue, Pénélope lui tourna de nouveau le dos, se postant à la porte de la stalle pour observer les autres chevaux, espérant qu'Atlas s'approche de nouveau. Mais cette fois, il l'ignora, comme si le fragile contact qui avait existé entre eux était rompu.

J'ai besoin d'une pause, décida-t-elle.

En sortant, la jeune fille ne put s'empêcher de jeter un regard par-dessus son épaule. Le petit cheval avait passé la tête hors de son box et ne la quittait pas des yeux.

3

« Passe du temps avec lui. Il apprendra à te connaître et à apprécier ta compagnie. » Depuis une semaine, Pénélope suivait le conseil de sa monitrice. Après les cours, elle enfourchait son vélo et filait au club de La Balzane. Là, elle prenait son matériel de pansage et rejoignait Atlas dans son box. Chaque jour, elle le brossait un peu plus longtemps, s'aventurant dans les endroits sensibles – le passage de sangle et le creux des hanches, en particulier.

Un soir, Val vint la retrouver alors qu'elle commençait à peine à s'occuper de la crinière du petit barbe gris.

– Que dirais-tu d'attaquer le travail à pied ? demanda la jeune femme.

Le cœur de Pénélope battit plus vite. Elle avait déjà fait tourner des chevaux à la longe. Mais jamais encore, elle n'avait expérimenté sur la piste les techniques décrites dans le livre de Val. Des techniques qui évoquaient des rêves équins devenus réalité.

C'est drôle, se dit-elle, en gagnant le manège, suivie par un Atlas perplexe et un peu inquiet. *Il y a quelques jours, j'aurais regretté de ne pas essayer ça avec Vaillant. Mais aujourd'hui...*

L'adolescente caressa doucement le chanfrein de l'animal.

... en tout cas, je n'aurais jamais cru m'attacher à lui.

Ensemble, ils pénétrèrent dans la carrière couverte. Val les attendait, assise sur un cavaletti[1].

– Je vais t'expliquer comment nous allons procéder, dit-elle. D'abord, tu vas marcher avec lui. Cinq, dix minutes, jusqu'à ce que tu sentes que, l'un comme l'autre, vous êtes prêts à passer à la suite. Tu peux aller vite, lentement, tu peux t'arrêter aussi. L'important, c'est de créer ce lien, de faire qu'il te suive et

1. Petit obstacle, généralement tout près du sol.

adopte ta cadence. Ensuite, tu le détacheras et nous aborderons ce que j'appelle « toi et moi ».

– D'accord.

Pénélope parcourut la carrière de long en large, variant la vitesse, effectuant des demi-tours rapides, des lignes droites et des cercles, stoppant brusquement, repartant au rythme d'un escargot. La longe qui les reliait devenait une sorte de cordon ombilical, un lien magique qui les connectait l'un à l'autre. Peu à peu, la pression qui l'habitait disparut ; elle sentit qu'Atlas, derrière elle, paraissait également plus détendu.

– Je crois que c'est bon, dit-elle en revenant vers sa monitrice.

– D'accord. On va passer à la deuxième étape, alors… Je peux te poser une question ? Qu'est-ce que tu ressens, quand ta mère ou ton père entrent dans ta chambre sans frapper ?

– Ils ne le font pas souvent : ils savent que j'ai horreur de ça.

– Oui, mais pourquoi ?

– Parce que ! D'accord, reprit-elle fronçant les sourcils en s'efforçant de se rappeler l'effet que produisaient ces rares intrusions sur *son* territoire. Je ne sais pas, j'ai l'impression… J'ai l'impression qu'on m'espionne, qu'on m'étouffe. C'est comme l'autre jour, après le championnat. On était tranquilles, Vaillant et moi. On avait créé une sorte de cocon, juste pour nous deux. Et puis, Gillian est arrivée. Par sa seule présence, elle a tout gâché.

– Je comprends, sourit Val. En fait, c'est une question d'espace personnel, un espace propre à chacun de nous, humain ou cheval. Parfois, ces espaces se rejoignent et en créent un troisième. Le plus souvent, ils se contentent d'exister côte à côte, sans trop se heurter. Le but du « toi et moi », c'est de ressentir cet espace personnel, cette bulle, et de l'utiliser. En appuyant la tienne contre celle d'Atlas, tu pourras lui demander de t'obéir tout en respectant sa sensibilité. Et n'oublie pas… tu ne veux ni le stresser ni le blesser, d'accord ? Alors, quand tu te rapprocheras de lui pour le contraindre à se déplacer, pense à lui avant de penser à toi.

Val lui expliqua comment procéder.

Se mettre au milieu du manège, droite et déterminée.

Fixer la croupe d'Atlas et aller vers lui.

Le pousser à avancer.

Mimer le trot, le galop, lancer une longe vers lui pour l'encourager.

Pour qu'il ralentisse, baisser les épaules, la tête, les yeux et reculer.

Pour qu'il s'arrête et change de direction, bras tendu vers la gauche ou la droite, regarder son épaule.

Recommencer.

Encore et encore.

Rattraper, en se tassant sur soi-même, en se recroquevillant, les invasions incontrôlées dans la « bulle » du barbe gris.

Essayer de regarder le monde de la même façon que lui, de se mettre à sa place, de lui offrir un bout de soi à découvrir. Puis, tout doucement, s'accroupir, le laisser faire quelques pas dans sa direction, effectuer les derniers qui la rapprochaient de lui.

À la fin de la séance, Pénélope se sentit à la fois épuisée et bouleversée. *Quelque chose* avait eu lieu, quelque chose d'impalpable et de terriblement important. Comme si on lui avait offert un bijou précieux dans un écrin qu'elle n'osait pas encore ouvrir…

En rentrant, ce soir-là, Pénélope eut du mal à se concentrer sur ses devoirs. Les lignes de son manuel d'histoire dansaient devant ses yeux et les exercices de mathématiques lui semblaient plus dénués de sens que d'habitude.

Elle en vint à bout, cependant, et put même prendre de l'avance sur le reste de la semaine.

– Alors, comment cela se passe avec ce nouveau cheval ? interrogea sa mère, pendant le dîner.

– Bien, je crois.

– C'est tout ? D'habitude, tu es plus enthousiaste quand tu reviens du club !

– C'est juste que... Je ne sais pas, c'est difficile à expliquer, murmura Pénélope, le nez dans son assiette.

Ces sensations, cette relation, étaient si nouvelles qu'elle ne savait comment en parler ; et puis, elle n'était pas sûre de le vouloir.

L'adolescente avait envie de garder pour elle ce secret doux et tiède, fragile comme un papillon. Il lui rappelait, curieusement, son premier baiser.

Cela s'était passé deux ans plus tôt, en Allemagne, lors d'une fête d'été. Il s'appelait Bruno et c'était l'un des meilleurs amis de ses cousins.

Il l'avait invitée à danser, puis l'avait emmenée se promener sur la plage, près du lac. Là, sous les étoiles, il lui avait donné son premier baiser. Ses lèvres avaient un goût sucré-salé de caramel. Elle s'était blottie dans ses bras, et tous deux avaient passé le reste de la soirée à chuchoter et s'embrasser en riant. Leur idylle avait duré le temps des vacances. Pénélope n'en avait parlé à personne et il avait fallu les larmes de la rupture, une semaine après la rentrée, pour qu'elle confie à sa mère les raisons de son chagrin.

Ce souvenir ainsi que le travail avec Atlas lui rappelèrent ce qui s'était produit au collège, deux jours plus tôt, durant le cours d'allemand. Leur professeur avait décidé de leur montrer *Allemagne, année zéro*, qui racontait la dérive d'un garçon dans le Berlin d'après-guerre.

Tourné en noir et blanc, avec des lumières crues, des voix criardes et agressives, ce drame de Rossellini était profondément dérangeant. Edmund, le personnage principal, un peu plus jeune qu'eux, n'avait aucune prise sur les événements qui le conduisaient vers sa fin tragique : l'assassinat de son père et sa propre mort.

Installé au fond de la salle, Néo dessinait. Quand il s'en était aperçu, Muguet avait fondu sur lui et lui avait arraché son carnet de croquis. Peu lui importait que Néo reproduise des visages ou des scènes du drame. Pour lui, il ne s'intéressait pas au film et méritait une sanction. Point final. Néo avait été collé, son cahier, confisqué. Cela avait dégénéré quand l'enseignant avait refusé de le lui rendre. Néo s'était emporté et Muguet, furieux d'être insulté, l'avait déchiré et jeté au sol. Le garçon s'était rué hors de la classe – et Pénélope aurait juré voir des larmes perler au coin de ses yeux.

« Reviens ! Je n'en ai pas terminé avec toi, avait hurlé le professeur. Puisque c'est comme ça, cette affaire se réglera chez madame la proviseure ! »

Pénélope, sans réfléchir, avait ramassé les morceaux épars du carnet et les avait fourrés dans son sac. Elle avait découvert des immeubles en ruine, des croquis d'élèves, un chat tigré perché sur un muret, des poissons-combattants dans un bocal, un portrait d'elle réalisé pendant le cours de SVT. Elle n'avait pas encore osé les lui rendre, craignait qu'il prenne son geste comme une intrusion.

Pénélope se demandait ce qui avait conduit le jeune homme à tant d'agressivité. Malgré les bruits qui couraient sur son compte, c'était plus difficile de le savoir que de se renseigner sur le parcours d'Atlas, pour cela, il lui suffirait de contacter son ancien centre équestre. C'était plus difficile de l'apprivoiser, aussi… Elle n'était pas sûre d'en être capable. Et puis, Néo en aurait-il envie ?

4

Profitant d'un rayon de soleil, Val avait organisé un parcours d'entraînement sur le terrain situé derrière le club. Les élèves devaient, les uns après les autres, enchaîner différents obstacles naturels ainsi qu'un slalom. Atlas était sur le qui-vive. Naseaux dilatés, oreilles pointées en avant, il semblait prêt à bondir. Pénélope s'efforça de le calmer, caressant son encolure et lui parlant doucement – peine perdue. Pire, elle sentit sa nervosité la gagner.

Si ça commence comme ça, on est mal barrés.

Vaillant et Gillian effectuèrent le parcours les premiers. Pénélope réprima une bouffée de jalousie en voyant le couple. Tout l'été, elle s'était entraînée avec le petit alezan. C'était injuste.

En plus, elle lui tire sans arrêt sur la bouche. Elle va finir par le braquer…

Val lui demanda en effet plusieurs fois de détendre ses rênes et de faire confiance à son cheval. Gillian était crispée, et Vaillant finit par piler devant une haie, manquant de la désarçonner. L'adolescente ne put retenir un sourire. Sa joie, cependant, fut de courte durée.

– Pénélope, à ton tour ! ordonna la monitrice.

Atlas prit le trot. Il levait la tête, sur la défensive, mais s'arrêta devant le portail quand Pénélope le lui demanda, le temps qu'elle se penche pour l'ouvrir et le refermer derrière eux. Pendant le slalom, il renversa plusieurs plots et tenta de lui échapper. Pénélope le retint du mieux possible, puis le dirigea vers la butte. Elle espérait le détendre en lui permettant de se défouler un peu. Peine perdue. Il refusa de passer le gué, se dressa sur ses postérieurs quand elle insista pour le lui faire traverser.

– Arrête, Atlas !

Le barbe se cabrait de plus en plus haut, de plus en plus violemment. Pénélope s'accrochait, terrorisée à l'idée qu'il se renverse.

– Arrête !

– Lâche les rênes ! cria Val. Pousse-le !

Essayant de maîtriser la peur qui lui nouait le ventre, Pénélope obéit. Se cramponnant à la crinière, elle pressa les mollets contre les flancs de sa monture. Atlas retomba sur ses pieds, fit volte-face, s'élança au triple galop, sauta le tronc d'arbre et le contrebas. Quand il s'arrêta à l'orée du petit bois qui marquait la limite du club, Pénélope mit pied à terre, tremblante, les jambes en coton.

La jeune fille rejoignit les autres, serrant les dents pour ne pas pleurer. Elle avait beau savoir Atlas imprévisible, elle ne s'attendait pas à une telle réaction. Pire, elle se doutait que les prochains entraînements seraient cauchemardesques.

Parce qu'elle serait paralysée par la peur en abordant le parcours.

Parce que celle-ci se communiquerait inévitablement au petit barbe, et que tout irait de mal en pis.

– Je serais toi, je préparerais mes étrilles, ricana Gillian en la voyant passer.

Les autres filles pouffèrent. Pénélope leur jeta un regard noir et, tirant Atlas par les rênes, regagna l'écurie. Elle le dessella trop brusquement. Atlas, surpris par son attitude, renâcla et fit mine de botter.

Énervée, frustrée de ne pouvoir contrôler ses émotions, elle quitta La Balzane sans dire au revoir à personne et pédala de toutes ses forces sous une averse naissante. La vitesse et la pluie parvinrent à apaiser son esprit et à chasser les larmes qui brûlaient ses yeux.

La maison était déserte.

Soulagée de ne pas avoir à raconter son après-midi catastrophique à ses parents, l'adolescente prit une douche et se changea avant de se connecter à Internet. Elle avait récupéré, deux jours plus tôt, l'adresse des deux précédents centres qui avaient accueilli Atlas et leur avait écrit pour demander des renseignements. Pour l'instant, aucun n'avait répondu. Aussi fut-elle ravie de découvrir un message dans sa boîte mail.

De : info@clubequestredelaronciere.com
À : penelopecavaliere@yahoo.fr
Re : Atlas

Bonjour Pénélope,

... Et bravo ! Ce n'est pas tous les jours qu'un cavalier prend la peine de faire une démarche comme la tienne pour comprendre le passif de son cheval. Atlas a passé quelque temps chez nous, en effet.

Malheureusement, nous avons dû nous séparer de lui. Comme tu as pu le constater en allant sur notre site, nous travaillons beaucoup avec des cavaliers qui viennent là pour se faire plaisir ou se remettre en selle, ainsi qu'avec des groupes : colonies de vacances, comités d'entreprise, etc. Nous nous devons d'avoir une cavalerie fiable à pied et montée, ce qui tu t'en doutes n'était pas le cas d'Atlas. Pour répondre plus précisément à tes questions :

- Il était en mauvais état quand il est arrivé chez nous : crinière sale, sabots beaucoup trop longs. Il avait été négligé.
- Il avait visiblement été maltraité parce qu'il paniquait à la seule vue d'une cravache.
- Il a bien été dans d'autres clubs avant d'être acheté par le marchand qui nous l'a proposé, mais il est également passé entre les mains d'un particulier pour faire de la randonnée. On pense qu'il a été revendu parce qu'il y a eu un problème (mauvaise expérience ? Accident ? Difficile de savoir).

J'espère que ces réponses te permettront de mieux comprendre Atlas. Je suis convaincu qu'avec une cavalière qui aura la patience de s'occuper de lui, ce petit barbe pourra faire des merveilles. Tiens-moi au courant de vos progrès !

Amicalement,

Jean-Philippe Coquelet

Pénélope soupira. Cela l'aidait, mais moins qu'elle l'avait espéré. La « mauvaise expérience » évoquée par le directeur de la Roncière avait-elle un rapport avec une rivière ou un gué ?

Heureusement que je n'ai pas utilisé de cravache. Cela aurait été pire, se dit-elle.

Elle se servit un grand verre de lait d'avoine, puis tapa l'adresse du site du deuxième centre. Plus sophistiqué, il comportait, en plus des habituelles « actus » et des photos des derniers concours, un forum réservé aux membres du club. En entrant « Atlas » dans le moteur de recherche, elle accéda à quelques messages.

Sujet : les petits nouveaux

Samedi 18 avril, 17:00

cachouchou : Atlas l'a mordue. Heureusement, elle a eu le bon réflexe, sinon il lui aurait arraché l'épaule. ☹ Il est taré ce cheval (et en plus il est moche).

– Non mais pour qui elle se prend, celle-ci, avec son pseudo débile ? grommela Pénélope.

Sujet : les petits nouveaux
Mardi 01 avril, 22:02
noradelmas : Atlas a carrément pilé devant la rivière. Impossible de le faire traverser. On a été obligés de rebrousser chemin.

– Il a définitivement un problème avec l'eau...

Sujet : les petits nouveaux
Dimanche 16 mars, 19:45
noradelmas : Il paraît qu'Atlas vient du Maroc ! Hâte de voir à quoi il ressemble ^^ ! Ma cousine a fait une rando là-bas il paraît que les chevaux sont super.

Ça, c'était déjà plus intéressant. Si ce que laissait entendre « noradelmas » était vrai, le petit barbe gris avait traversé la Méditerranée. Quel âge avait-il ? Dans quelles conditions s'était déroulé son transfert ? Avait-il vécu dans la montagne qui lui avait donné son nom ? Au milieu des dunes ?

Impossible de répondre à ces questions, mais cela permettait de comprendre qu'il ait été perturbé à son arrivée en France. Ce qui était vrai pour les humains l'était plus encore pour les animaux.

Si j'avais passé toute mon enfance dans le désert et que je me retrouvais brusquement dans la grisaille et les voitures, je me sentirais mal, moi aussi. Le problème, c'est que dans ces cas-là, on ne vous laisse pas le temps de vous adapter…

Abandonnant l'ordinateur, Pénélope s'affala, bras en croix, sur son lit. Comment faire pour aider Atlas à dépasser ses traumatismes ? Comment faire, *elle*, pour résister à la spirale de la peur ?

À l'idée du prochain entraînement, l'adolescente sentait les battements de son cœur s'accélérer. La pensée de retourner au club et de poursuivre avec lui le travail à pied la mettait mal à l'aise. Il ne s'agissait pas de remonter sur son dos pourtant. Seulement de passer du temps avec lui et de renforcer le lien qui, timidement, se tissait entre eux.

Je ne suis pas sûre d'avoir le cran de supporter d'autres séances comme celle d'aujourd'hui. Je ne suis pas sûre d'en avoir envie ni que ça en vaille la peine…

Épuisée, elle sombra tout habillée dans le sommeil.

Se réveilla en entendant ses parents qui rentraient.

Voulut se rappeler son rêve, mais il s'était dispersé avec le bruit de la porte d'entrée. La seule image qu'elle put brièvement effleurer avant qu'elle ne s'efface fut celle d'un cheval dressé contre un ciel d'orage.

5

– Tiens, voilà ton carnet.

Pénélope avait attendu la fin de la journée pour approcher Néo.

L'occasion ne s'était pas présentée avant, et elle n'avait aucune envie de le lui rendre devant les autres élèves.

D'abord, parce qu'elle craignait les moqueries. Si elles la surprenaient, Dana et son groupe de pestes ne la rateraient pas. Pénélope ne voulait pas être leur cible. Elles avaient déjà réussi à l'isoler des autres. Hors de question qu'elle leur serve de bouc émissaire.

Ensuite, parce qu'elle craignait la réaction du garçon.

Quand elle le lui tendit, il jaugea le cahier, dents serrées. Regarda la corbeille à papier, comme s'il voulait l'y jeter. Secoua finalement la tête et le lui prit des mains.

– Merci.

– De rien, sourit-elle, soulagée. Néo ?

– Quoi ?

– Tu… tu es vraiment doué.

Il haussa les épaules sans répondre, fourra l'objet dans son sac et tourna les talons, prêt à franchir le portail du collège sous la pluie.

– Néo, je me demandais… Tu sais dessiner les chevaux ?

Pourquoi ai-je dit ça ? se morigéna-t-elle au moment même où les mots quittaient sa bouche. *Mais quelle cruche !*

Néo fit volte-face et la dévisagea, bras croisés, une lueur maussade au fond de ses yeux bleus.

– Y a marqué « Mon petit poney » sur ma tête ?

– Non, mais…

– Mais quoi ?

– Rien, répondit Pénélope.

Rentrant la tête dans les épaules, elle se détourna et se dirigea vers le râtelier à vélos. Au moins, Néo ne l'avait pas envoyée promener en public : elle avait évité le pire.

Une partie d'elle-même s'en voulait d'avoir posé cette question. L'autre trouvait détestable cette manie qu'avaient les gens, ceux de son âge comme la plupart des adultes, de considérer tout ce qui était lié aux animaux comme nécessairement niais.

Pénélope ne se rappelait que trop bien l'attitude du professeur de SVT dans son ancien collège, quand plusieurs élèves – dont elle – avaient refusé de disséquer une souris.

« Vous n'êtes plus des bébés ! »

« Si tu veux devenir vétérinaire, Thomas, il faudra bien que tu t'y habitues ! »

Il ne pouvait les forcer à couper ces pauvres bêtes en deux, mais ne s'était pas privé de les humilier pendant le reste de l'année avec des plaisanteries du genre : « Les âmes sensibles, on va étudier la croissance des plantes, vous devriez sortir. »

Heureusement que ce n'est pas comme ça, à Marie-Jaell, se dit-elle en prenant la direction du club de La Balzane.

Il fallait bien qu'il y ait des avantages autres que l'allemand renforcé à changer de collège ! Pénélope songea, un peu nostalgique, à Gaëlle et Thomas, ses amis qu'elle avait perdus de vue.

Gaëlle et ses parents étaient partis vivre en Guadeloupe. Thomas, lui, avait juste changé. Il était revenu de vacances avec la voix grave et vingt centimètres en plus, de nouveaux copains et de nouveaux centres d'intérêt. Pénélope trouvait qu'il était devenu bête, et avait lu qu'elle n'était qu'une gamine.

C'était peut-être vrai, d'ailleurs.

C'était peut-être pour ça, ou parce qu'elle était trop sérieuse, qu'elle se retrouvait si seule cette année.

En arrivant près du centre équestre, l'adolescente sentit l'appréhension la gagner. Un nœud dans l'estomac, les mains glacées. Cette affreuse sensation, celle des rentrées des classes et des jours de concours, lui était familière, mais jamais encore elle ne l'avait éprouvée à la seule perspective de monter à cheval. *Un* cheval, en réalité. Atlas. Atlas qui lui faisait peur. Atlas qu'elle n'arrivait pas à comprendre, et qui la rejetait.

Inspirant profondément, Pénélope franchit le seuil des écuries. Vaillant, comme à son habitude, avait passé la tête hors de son box.

Il hennit doucement en la voyant. S'arrêtant devant lui, elle le gratta entre les naseaux. Vaillant tordit le bout de son nez pour jouer avec elle. Le cœur lourd, la jeune fille appuya le front contre son chanfrein. Elle demeura quelques minutes ainsi puis s'écarta, chassant d'un revers de la main les larmes qui lui brûlaient les yeux.

– Ça te dirait de le travailler avant de t'occuper d'Atlas ?

Pénélope se tourna vers sa monitrice.

– J'aimerais bien, oui, murmura-t-elle d'une voix tremblante.

– Alors prépare-le et rejoins-moi d'ici un quart d'heure.

Elle acquiesça et commença à panser le petit alezan. Doux et confiant, Vaillant la rassurait. Auprès de lui, elle avait le sentiment de pouvoir se détendre, d'être simplement elle-même. En se rendant dans le manège, cependant, elle ne put s'empêcher de se sentir coupable vis-à-vis d'Atlas. C'était avec lui, *pour lui* qu'elle avait commencé cette approche en liberté. En s'y essayant avec Vaillant, elle avait l'impression de le tromper.

Une impression qui se renforça encore à la fin de la séance.

Celle-ci avait été magique. Évidente. Sans aucune crainte. Sans aucune hésitation ni du côté de Vaillant ni du sien.

Pénélope eut de la peine à se séparer de lui.

Atlas tourna la tête en l'entendant arriver. Il esquissa deux pas timides dans sa direction et s'immobilisa. Il renifla ses mains, ses vêtements, poussa un gros soupir.

Piteuse, l'adolescente caressa sa nuque, glissa les doigts dans sa longue crinière, mit pour la première fois ses bras autour de son encolure, pressant sa joue contre son poil tiède et doux.

Quand elle termina de le panser, elle s'aperçut que sa crainte avait disparu, remplacée par un étrange sentiment. Atlas dépendait d'elle, et pas seulement pour son avenir. Pénélope réalisait soudain qu'elle était responsable d'un être sensible, intelligent et fragile. À sa façon, il lui faisait confiance. Elle ne pouvait l'abandonner.

Cela serait pire qu'une trahison.

Cela le détruirait.

Définitivement.

Dès le début de la séance, Atlas la suivit, attentif aux nuances de sa marche, s'arrêtant en même temps qu'elle.

Quand vint le moment du « toi et moi », le lien qui existait entre eux devint palpable. Il réagissait – presque trop – à ses gestes, trottant dès qu'elle simulait l'allure en levant les genoux, galopant dès qu'elle le lui suggérait. Il était tellement concentré sur elle qu'il en oubliait d'exister, au point d'être perturbé par la moindre de ses hésitations.

Au bout d'un moment, Val mit un terme à l'exercice et lui en montra de nouveaux, destinés à renforcer la confiance qu'Atlas avait en l'adolescente et à le familiariser avec différents objets : un stick, des sacs en plastique, des plots de couleur. Val encouragea la jeune fille à les lui laisser sentir puis, doucement, à le mettre en contact avec eux.

À la nuit tombée, Pénélope reconduisit Atlas à l'écurie. Elle appela ses parents pour les prévenir de son retard et s'attarda dans son box. Il faudrait du temps au petit barbe gris pour vaincre ses peurs, plus encore pour l'habituer aux obstacles et au travail en extérieur. Mais avec de la patience, elle y arriverait.

Nous *y arriverons*, décida-t-elle en le quittant.

Sous l'auvent, Val et les deux apprenties préparaient la nourriture des chevaux. Pénélope prit son vélo, hésita un instant et le poussa jusqu'à elles.

– Je te croyais déjà partie ! s'étonna la monitrice.

– Je suis restée avec Atlas. Val, merci pour ce que tu fais, dit-elle après un silence. C'est super de ta part. Vraiment.

Sans attendre sa réponse, elle enfourcha sa bicyclette et pédala, sous l'averse, jusque chez elle.

Pour la première fois depuis qu'elle avait commencé à travailler avec Atlas, l'adolescente se sentit capable de parler de lui à ses parents, de son passé chaotique, de ce qu'elle ressentait aussi.

– Tu es sûre de toi ? s'enquit son père. Je veux dire, c'est très bien de vouloir prendre soin de ce petit cheval, mais n'est-ce pas un peu dangereux ?

– Je ne crois pas, papa. Et puis, même si c'est le cas, je ne peux pas laisser tomber. Je me sens…

– … responsable de lui ? termina sa mère. Je comprends, ma chérie. Mais tâche d'être prudente, d'accord ?

– C'est promis.

Après le dîner, Pénélope monta dans sa chambre pour réviser une dernière fois ses leçons d'allemand avant le contrôle du lendemain. De la grammaire, dont elle connaissait l'essentiel et vint à bout rapidement.

Incapable de se coucher, elle prit un livre sur l'étagère, le reposa presque aussitôt et alluma son ordinateur. Elle espérait une réponse du centre équestre qui avait accueilli Atlas juste avant La Balzane. Elle n'en avait pas. En revanche, un message de Néo l'attendait dans sa boîte de réception. Le premier depuis que le professeur de SVT avait demandé aux binômes d'échanger leurs coordonnées, en début d'année.

De : neonean66@gmail.com
À : penelopecavaliere@yahoo.fr
Objet : merci

Pénélope,

Merci d'avoir ramassé mon carnet de dessin et de me l'avoir rendu. Désolé de m'être comporté comme un con ça m'arrive souvent en ce moment. Si tu veux que je te dessine un cheval pas de souci dis juste ce que tu veux.

À +

Néo.

Pénélope relut plusieurs fois l'email du garçon avant de réaliser que Néo avait pris la peine de lui envoyer des excuses. Des excuses par écrit. Elle ne savait trop comment interpréter ce message, mais se coucha le cœur léger.

6

– Il s’appelle comment, ton cheval ?

– Atlas, répondit Pénélope après un long silence.

Néo l’avait rejointe à la sortie de la cantine, dans la cour ombrée de tilleuls. Appuyée contre le tronc noir, bras serrés autour de son sac à dos, elle était intimidée par l’adolescent.

Jusqu’à ce qu’elle sauve son carnet, il n’était qu’un figurant dans son univers. Un nom, un rôle à jouer au sein de cette classe. Comme Dana, qui interprétait à merveille celui de future reine du bal. Comme elle, qui se cantonnait à celui de la fille solitaire et trop sérieuse, juste assez discrète pour échapper à celui du bouc émissaire.

À présent, Néo sortait du cadre, devenait *réel*. Cela la perturbait. Vraiment. Une nouvelle amitié. Des risques de bleus à l'âme et au cœur. Parce que Néo semblait cabossé par la vie. Parce qu'elle avait peur d'être blessée.

– Il ressemble à quoi ?

– Gris, pas très grand, avec une longue crinière…

– Pas de photo ?

Elle fit défiler des clichés sur son téléphone portable, en trouva de Tom, de Vaillant, mais aucun d'Atlas. Secoua la tête, honteuse de n'avoir sur elle aucune trace de lui.

– J'en ferai quelques-unes ce week-end et je te les enverrai.

– Ça marche !

La sonnerie retentit, marquant la reprise des cours. Ils interrompirent leur conversation, mais demeurèrent côte à côte et entrèrent ensemble en classe de français. « The Rock » leur avait préparé une dictée tirée du *Journal* d'Anne Frank, qu'ils étudiaient en cours. Pénélope laissa Néo copier sur elle pendant les cinq minutes accordées à la relecture.

– Merci, souffla-t-il une fois que la professeure eut ramassé les copies.

Ce n'était pas la première fois qu'il regardait par-dessus son épaule, mais jamais encore il ne l'avait remerciée. Cela lui sembla bizarre, presque incongru. Pendant le reste de l'heure, « The Rock » effectua la correction de l'exercice en insistant sur certains points de grammaire difficiles.

Néo dessinait sans écouter le cours. Mais ce qu'il représentait, la pièce étroite, jonchée de matelas et de couvertures, la silhouette assise contre un mur, s'éclairant à la bougie pour écrire, c'était Anne en train de rédiger son journal, seule et terrifiée. Le reste de l'après-midi se déroula avec une interminable lenteur.

Pénélope avait envie d'être au calme pour réfléchir. Elle avait envie de retrouver Atlas, surtout.

De continuer avec lui le travail en liberté.

De lui apprendre à ne plus avoir peur.

Et d'apprendre à ne plus avoir peur de lui.

D'être auprès de lui, tout simplement.

– Pénélope ! la héla Dana.

Dana, Gillian et quelques autres étaient rassemblées près de la sortie du collège.

Elle s'arrêta, étonnée.

– Tu as cinq minutes ?

L'adolescente s'approcha du groupe, méfiante.

– Ça te dirait d'aller prendre un café avec nous ?

Pénélope lança instinctivement un coup d'œil à Gillian. Bras croisés, boudeuse, son ennemie intime et rivale n'appréciait manifestement pas cette initiative. Pénélope fut tentée d'accepter, juste pour l'énerver. Au même moment, Néo franchit le portail de Marie-Jaell. Il lui fit un signe de la main et, son sac sur le dos, s'éloigna sous les feuilles mortes portées par le vent. Évidemment. Ce n'était pas pour le plaisir de sa compagnie que Dana l'invitait, mais parce qu'elle l'avait vue avec le garçon. Après la reine du bal et le musicien, la reine du bal et le rebelle mystérieux. Elle devait penser qu'il manquait à sa collection. Hors de question de lui faciliter la tâche.

– Désolée, dit-elle avec une moue d'excuse, je n'ai pas le temps.

Leurs regards courroucés l'accompagnèrent jusqu'à ce qu'elle grimpe sur son vélo et commence à pédaler.

D'une façon ou d'une autre, Dana se vengerait de son refus.

Tant pis. Je ferai le gros dos. J'attendrai qu'elles se lassent. Je ne les aime pas, et je n'ai aucune intention de traîner avec elles. Déjà que chaque week-end, je suis obligée de supporter Gillian…

Quand Pénélope arriva au club de La Balzane, une pluie fine et glacée tombait, portée par des rafales d'automne. Frottant ses mains l'une contre l'autre, elle pénétra, impatiente, dans le box d'Atlas. Dès qu'il la vit, le petit barbe leva la tête de son fourrage et s'approcha. Elle caressa son chanfrein, le gratta, comme un chat, sous le menton et derrière les oreilles. Il se laissa faire les yeux mi-clos.

Après quelques friandises à la pomme et un pansage presque sans heurt, elle le conduisit au manège. Sur le chemin, une grande flaque noire. Atlas sauta de côté pour l'éviter. Pénélope hésita, puis l'y ramena. Il se raidit aussitôt. Renâcla. Recula. Appliquant ce qu'elle avait lu dans le livre d'éthologie et les conseils de sa monitrice, la jeune fille lui tourna le dos et s'accroupit au bord de l'eau.

Plongea le bout de ses doigts dans le liquide boueux et froid, les agita, les retira, recommença. Atlas baissa la tête et souffla bruyamment, recula, s'avança de nouveau vers l'objet de sa crainte.

– Il n'y a rien, murmura Pénélope. Ce sont juste des gouttes de pluie, tu sais. Je vais te chanter un truc, tu vas voir, c'est marrant. *Es regnet, es regnet, die Erde wird nass ! Und wenn's genug geregnet hat, dann wächst auch wieder Grass ! Es regnet, es regnet*[1]... On chantait ça, avant, avec mes cousins. C'est une comptine un peu bête mais elle devrait te plaire. Elle dit qu'une fois qu'il aura assez plu, il y aura plein d'herbe... Je ne comprends pas pourquoi l'eau te fait si peur, Atlas. J'aimerais que tu puisses m'expliquer... Mais même sans savoir, je vais essayer de t'aider.

Elle se redressa lentement. Longea la grande flaque, dans un sens puis dans l'autre. En fit le tour. Atlas la suivait, inquiet. Mais pour le moment, il préférait rester avec elle plutôt que fuir.

Quand elle la traversa, cependant, le barbe s'arrêta. Net.

1. Il pleut, il pleut et la terre est mouillée ! Et quand il aura assez plu, l'herbe poussera de nouveau ! Il pleut, il pleut...

– Reviens vers lui doucement, mets-toi devant lui, sans le regarder, et recommence, intervint Val.

La monitrice les avait rejoints sans un bruit. Emmitouflée dans une parka bleu marine, indifférente à la pluie et au froid, elle les observait à distance, Tom sagement assis à ses côtés.

Pénélope hocha la tête et obéit. Elle sentait le souffle d'Atlas contre ses cheveux. Elle risqua un pas, puis deux. Stoppa. Poursuivit son chemin. Entendit, derrière elle, le clapotis des sabots pénétrant dans l'eau froide.

– Caresse-le, c'est super…

Entraînement en longe puis en liberté, travail sur la disparition progressive de la peur, le reste de la séance fut consacré au renforcement des liens qui les unissaient. Elle joua au « toi et moi », le fit galoper et trotter par d'imperceptibles mouvements. Le laissa la rejoindre. S'éloigna, lui demanda de rester immobile puis l'appela à elle par un bruit de lèvres. Il avait du mal à rester immobile, mais finit par obtempérer.

Après avoir continué les exercices avec le stick de dressage et les plots, Val lui donna une grande bâche bleue.

– Ça, c'est un gué, déclara-t-elle. Ça peut aussi être un rideau d'arbres, un monstre ou ce que tu veux. L'idée, c'est de lui montrer qu'il n'a pas à en avoir peur…

Ensemble, elles l'installèrent à plat sur le sable. Suivant les instructions de Val, Pénélope répéta ce qu'elle avait fait au bord de la mare, puis en recouvrit tout doucement le cheval. Il secoua la tête, fit des écarts, tenta de s'en débarrasser.

Pénélope le rassura, allant jusqu'à se mettre dessous avec lui.

– Ce n'est pas très orthodoxe, fit remarquer la monitrice, qui ne put s'empêcher de sourire en voyant leurs deux têtes émerger de la vague de plastique.

– C'est vrai, mais avoue que ça fait très camping !

À la fin de la séance, la jeune fille avait l'impression que des dizaines de filaments l'effleuraient ; joie, interrogation, affection, crainte, espoir se mêlaient, tentative délicate d'Atlas pour lui communiquer ce qu'il ressentait. Bouleversée, elle essaya, sans le toucher d'abord, puis en caressant ses joues, son chanfrein, son encolure, de lui transmettre ses propres émotions.

Quand Pénélope quitta le club, ce soir-là, elle prit son temps pour rentrer. Elle avait besoin d'être seule afin d'analyser ce qui s'était passé entre le petit barbe et elle, afin de prendre du recul. Aujourd'hui, elle avait ouvert l'écrin qui contenait le don d'Atlas, une fenêtre ouverte sur son cœur et son âme.

Elle frissonnait au souvenir de ce qu'elle avait éprouvé, une sensation lumineuse, douce et brutale à la fois. Elle tremblait en découvrant l'intensité des sentiments qu'elle avait pour lui.

Car elle aimait ce cheval.

Profondément.

Venait à peine de le comprendre.

7

Le vent de novembre faisait crisser les arbres dénudés. Les dernières feuilles roussies par l'automne voletaient sur le terrain d'entraînement.

Les joues rouges, les élèves s'étaient rassemblées à l'extrémité du champ. Val leur avait préparé un parcours en terrain varié mêlant obstacles à franchir en selle et à pied.

La seconde partie du cours serait consacrée à l'exercice délicat du contrôle des allures. Il s'agissait, pour chaque couple cavalier-cheval, de s'engager au galop dans un couloir étroit en maintenant une cadence régulière, puis de revenir au pas, le plus vite possible, au point de départ.

– Pour pimenter le jeu, expliqua la monitrice, nous allons faire un petit concours. La gagnante aura droit à un kit de pansage tout neuf!

À cet instant, une bourrasque projeta quelques branches mortes sur le sol. Surpris, Atlas secoua la tête, recula en piaffant. Pénélope se pencha sur son encolure pour le rassurer mais les regards moqueurs de Gillian, d'Anne et de Judith l'empêchaient de se détendre – et puis, c'était la première fois depuis la tentative catastrophique d'octobre qu'Atlas et elle tentaient l'expérience de l'extérieur.

– Tout ira bien, murmura-t-elle au petit barbe.

Quand ce fut son tour, Judith, juchée sur Salsa, passa devant elle avec un sourire supérieur. L'appaloosa réussit aisément le slalom : son dressage western et ses aptitudes naturelles[1] lui permettaient d'effectuer des virages serrés.

La haie, en revanche, lui posa plus de problèmes. La jument n'aimait pas l'obstacle et

1. L'équitation western, très différente de l'équitation classique, aborde plusieurs disciplines dont le « reining » qui consiste à demander à son cheval des demi-tours, des arrêts nets, des vrilles, etc. exigeant une grande souplesse. Les chevaux américains comme les appaloosas ou les quarter horses sont particulièrement adaptés à ce type d'exercice.

la terre glissait un peu trop à son goût. Judith dut s'y reprendre plusieurs fois avant de le franchir.

Gillian et Vaillant triomphèrent sans effort des difficultés. L'adolescente tenait compte des remarques de Val. Après quelques semaines de manège, elle s'entendait de mieux en mieux avec Vaillant. Pénélope en éprouva un léger pincement au cœur. Non parce qu'elle regrettait de ne plus monter l'alezan, mais parce que Gillian semblait réellement à l'écoute, parce que leur couple promettait d'être assez solide pour aller jusqu'au championnat interclubs, l'an prochain et l'emporter.

– Pénélope, Atlas, à vous !

Une bouffée d'angoisse l'envahit. Glacée, le cœur battant la chamade, elle pressa ses mollets contre les flancs du cheval gris. Celui-ci obéit, le dos raide, et s'engagea sur le parcours. Il aimait sauter, franchit le tronc d'arbre, oreilles pointées en avant, et s'élança avec légèreté au-dessus des buissons. Arrivé devant le slalom, il hésita.

De toute façon, nous ne pouvons pas gagner, se dit Pénélope. *Autant faire ce parcours à notre rythme et du mieux possible.*

Elle le mit au trot.

Atlas vint à bout de l'exercice. Le suivant était un fossé. Pénélope l'encouragea de la voix. Il souffla plusieurs fois avant de dévaler la pente et de la remonter au galop.

Pour franchir le gué, Pénélope mit pied à terre. Elle procéda exactement de la manière dont elle avait travaillé pendant les semaines précédentes, le laissant renifler, faisant avec lui le tour de l'étendue d'eau, y entrant elle-même plusieurs fois pour lui montrer que ce n'était pas si dangereux. Il accepta finalement de la suivre, mais fut si pressé de sortir qu'il faillit la renverser.

– Remets-toi en selle, à présent et essaie de traverser, ordonna Val.

Pénélope s'exécuta. Mena Atlas devant l'obstacle.

Il pila.

Elle lui permit de le sentir et de le regarder avant de le pousser.

Il se braqua, recula aussitôt.

Se mordant les lèvres, refusant de céder à la crainte et l'agacement, la jeune fille effectua le tour de l'étendue gris-vert, puis tenta de nouveau de l'y conduire.

Il se raidit, prêt à se cabrer.

– D'accord, on arrête pour aujourd'hui, murmura Pénélope d'une voix tremblante.

Mais elle n'aimait pas l'idée de rester sur un échec. Alors, elle descendit de nouveau et traversa l'eau froide devant lui. Il la suivit sans rechigner.

Elle termina son parcours, le ventre noué, et rejoignit les autres. Dans cette épreuve, Gillian et Vaillant l'emportaient haut la main. Le couloir, une piste de sable correspondant aux normes de la compétition[1], était situé près du petit bois. Les élèves s'y rendirent au pas, l'une derrière l'autre. Pénélope et Atlas fermaient la marche. L'adolescente fit de son mieux pour ignorer les regards et se retenir de pleurer. Mais des larmes brûlaient ses yeux lorsque la monitrice lui demanda de s'arrêter à l'extrémité de la piste.

Pénélope rajusta sa bombe, ses gants. Entendit Gillian et Judith chuchoter dans son dos.

– Tu crois qu'elle va y arriver ?

– Naaaan. Je parie qu'il va l'embarquer...

La monitrice leur lança un regard noir, interrompant leur conciliabule.

– Je crois qu'Atlas n'a jamais fait ça, dit-elle. Alors n'oublie pas qu'il est très émotif et ne lui en demande pas trop. Arrête, si tu as l'impression que ça ne va pas...

– D'accord.

1. Longueur : 150 mètres ; largeur : 1,50 mètre.

L'adolescente inspira profondément, puis lui intima le galop, accompagnant ses aides[1] de la voix. Atlas effectua quelques foulées au trot avant de prendre l'allure demandée. Il allait vite, trop pour l'épreuve de maîtrise des allures, mais restait concentré sur ce que lui indiquait Pénélope. Au retour, en revanche, inquiet et agité, il fut incapable de demeurer au pas.

Chaque élève effectua deux fois l'exercice.

Lors de leur dernier passage, un corbeau s'envola en croassant, juste au-dessus d'eux. Effrayé, Atlas fonça dans les bois. Branches basses, écorce râpant ses genoux, troncs moussus étendus sur le sol jonché de feuilles mortes, Pénélope s'accrochait à la crinière, dents serrées, s'efforçant de ne pas paniquer. Il dévala une butte, remonta à toute allure, ralentit un peu.

La jeune fille se redressa aussitôt, reprit les rênes et l'arrêta.

– Bon, au moins, je sais que tu aimes les fossés et les arbres morts, souffla-t-elle, se laissant glisser à terre, tout contre lui. Maintenant,

1. Il s'agit des moyens, naturels ou artificiels, dont dispose le cavalier pour communiquer des ordres à son cheval. Les aides naturelles sont les mains, les jambes et l'assiette. Les aides artificielles sont la cravache, les enrênements et les éperons.

il va falloir que tu m'expliques ce qui te fait tellement flipper, sinon on ne va pas s'en sortir. Tu veux la vérité ? Je me fous du pari que j'ai fait avec Gillian. Si elle est assez bête pour croire que panser et préparer un cheval, c'est une corvée, tant pis pour elle ! Mais je refuse de te perdre. Je ne veux pas que tu t'en ailles, Atlas. Jamais…

Le petit barbe gris frotta son chanfrein contre elle. Pénélope enlaça son encolure, enfouit son visage dans sa longue crinière et soupira. Ce serait tellement plus simple si ses parents acceptaient de l'acheter ! Elle ne leur en avait pas encore parlé, se doutait qu'il serait difficile de les convaincre. Ils savaient qu'elle rêvait d'avoir un cheval, mais la pensaient trop jeune pour cela. D'abord, parce qu'il s'agissait d'une lourde responsabilité. Ensuite, parce qu'après le lycée, elle partirait étudier à l'université. Paris, Cologne, Lille ou Heidelberg étaient loin. Qui s'occuperait de sa monture en son absence ?

Acheter Atlas.

L'idée venait de surgir dans son esprit. Lui semblait une évidence. La meilleure façon de sauver le cheval. De le garder près d'elle. De le protéger.

– Pénélope ! Pénélope, où es-tu ?

La voix de Val, inquiète, interrompit ses réflexions.

– J'arrive !

Sans réfléchir, la jeune fille se remit en selle et trotta dans sa direction.

– Tout va bien ? demanda la monitrice, livide, quand elle l'eut rejointe. Tu devrais descendre…

– Ne t'en fais pas. Atlas n'a rien, moi non plus. Il a le pied sûr, tu sais.

Une façon de lui dire qu'elle ne renoncerait pas. Val la dévisagea un instant, puis hocha la tête et la raccompagna, sans un mot, jusqu'à l'écurie. Les autres avaient déjà commencé à desseller. Tom et Lucky accoururent en aboyant. Ils n'étaient pas seuls. Éric, le propriétaire de La Balzane, les accompagnait. Pénélope le vit arriver, la gorge sèche, les mains glacées. Demeura en selle, les doigts crispés dans la crinière d'Atlas, craignant le pire.

– Qu'est-ce qui s'est passé ? demanda-t-il d'un ton grave. Les filles m'ont dit…

– N'importe quoi, coupa l'adolescente avant que Val puisse réagir. Atlas a eu peur d'un corbeau, il est parti au galop, je l'ai arrêté sans difficulté, on est rentrés au pas.

Éric se tourna vers son employée.

– C'est vrai ?

– Oui. Pénélope n'est pas tombée et tous deux étaient calmes quand je les ai trouvés.

L'ancien cascadeur fronça les sourcils, dubitatif.

– Vous m'avez laissé jusqu'à la fin de l'année, rappela Pénélope. Je vous promets que d'ici là, il aura vraiment changé…

– Avec toi, peut-être. Mais avec les autres ?

Pénélope baissa la tête, incapable cette fois de réprimer ses larmes.

8

Pénélope relut son message une dernière fois avant de le poster.

Objet : SOS Atlas

Mercredi 10 novembre, 07:15

Pénélope98 : Bonjour, voilà je m'appelle Pénélope, j'ai quatorze ans et je monte depuis mes six ans. Je fais surtout du T.R.E.C. Si je me suis inscrite sur le forum, c'est pour lancer un SOS. J'ai jusqu'à la fin de l'année pour sauver Atlas (cf. photo).

Atlas est un cheval barbe d'environ neuf ou dix ans, qui a connu pas mal de déboires avant d'arriver dans le club où je monte. Il est très méfiant envers l'homme et semble avoir eu un accident, parce qu'à l'extérieur il est très craintif et a une peur panique de l'eau.

Ce que j'ai pu apprendre : avant d'arriver dans mon club, il est passé par plusieurs centres équestres (le club de la Roncière m'a répondu très gentiment : ils n'ont pas pu le garder parce qu'il est trop difficile, pas de réponse du C.E. de la Volte ☹). Il a été au pré (à l'abandon, au moins six mois). Il a eu, à un moment donné, un propriétaire avec lequel cela se serait mal passé (apparemment, il aurait eu un accident à l'extérieur avec lui). Il est peut-être né au Maroc, mais ce n'est pas sûr.

J'ai besoin de savoir le plus de choses possible sur lui pour l'aider. Si vous avez entendu parler d'un Atlas (cabre, mord au box, chatouilleux, aime sauter), contactez-moi s'il vous plaît ! Et n'hésitez pas à diffuser. Merci d'avance !

Son envoi effectué, l'adolescente referma son ordinateur et prit ses affaires de classe. Dès cet après-midi, elle serait en vacances durant quatre jours. Elle en profiterait pour passer le plus de temps possible avec son cheval.

Cette pensée suffit à la mettre de bonne humeur.

Elle dévala les escaliers, dit au revoir à ses parents et, sous de gros flocons virevoltants, prit le chemin du collège. Elle avait craint, un moment, que Dana et ses groupies lui mènent la vie dure depuis son refus, mais les filles ne s'étaient pas plus mal comportées que d'habitude envers elle : quelques ricanements, ce qu'il fallait de moqueries pour qu'elle demeure isolée, rien de plus. Sans doute Dana jugeait-elle que l'offense n'avait plus aucune importance, puisqu'elle avait, à présent, un nouveau petit ami, Dylan, un élève de seconde.

Gillian, elle, se contentait de lui jeter des regards venimeux quand elle la croisait dans les couloirs. Quel besoin d'en faire plus ? Vaillant et elle remporteraient sans difficulté la prochaine compétition de T.R.E.C. Celle-ci se déroulerait le premier week-end de décembre, dans un haras voisin. Pénélope n'était pas inscrite.

À quoi bon ? Atlas n'est pas prêt. Ce serait une catastrophe…

En soupirant, elle s'assit à sa place habituelle, une table isolée au premier rang. Ses camarades s'installèrent plus ou moins bruyamment.

Entré parmi les derniers, Néo lui adressa un clin d'œil avant de gagner le fond de la classe. Il avait probablement terminé le dessin d'Atlas qu'il lui avait promis. La matinée commença avec deux heures d'histoire et un contrôle d'anglais. Puis M. Muguet entra, un paquet sous le bras : leurs derniers DST.

– Après l'appel, je vous rendrai vos copies, annonça-t-il d'un ton solennel. Je suis, dans l'ensemble, déçu par vos résultats. Si vous voulez avoir la chance de partir à Berlin pendant les vacances de Pâques, il va falloir faire un peu plus d'efforts !

De sa voix monocorde, il énonça les noms des vingt-trois élèves de la classe, puis passa dans les rangs avec les feuilles. Comme à son habitude, le professeur d'allemand les avait classées en ordre croissant. Néo fut l'un des premiers à recevoir la sienne. Pénélope, elle, obtint la meilleure note.

– Tu as des facilités évidentes, mais ce n'est pas une raison pour te reposer sur tes lauriers. La prochaine fois que tu refais ce genre d'étourderies, déclara-t-il en lui montrant quelques fautes soulignées au stylo rouge, je t'enlève le double des points. Max, une remarque à ajouter ?

– Ben m'sieur, plutôt que lui enlever des points vu qu'elle est à moitié allemande, ce serait peut-être mieux de nous en rajouter à nous !

Quelques élèves ricanèrent.

– Crois-moi, Max, ce ne serait vous rendre service ni aux uns ni aux autres. Néo, on peut savoir ce que tu fais ?

Pénélope se retourna. Le dossier de sa chaise appuyé contre le mur, l'adolescent avait commencé un origami avec sa copie.

– Une grenouille, monsieur.

Il y eut des rires, vite réprimés.

– Dehors !

– Je peux vous le dire en allemand si vous préférez…

– J'ai dit : dehors !

– C'est « Frosch ».

Furieux, Muguet fondit sur lui, le prit par l'épaule et, de force, le traîna hors de la salle. Pénélope secoua la tête. Elle entendit les insultes, les hurlements du professeur. Pourquoi Néo était-il aussi insolent ? Pourquoi ce besoin de tout envoyer promener, de tout rejeter en bloc alors qu'il était manifestement très intelligent ?

Quelque chose ne tournait pas rond, chez lui. Mais quoi ? Pénélope avait lu énormément de romans dont les héros, rebelles, à vif, portaient le deuil d'un membre de leur famille, les blessures d'un abandon, un terrible secret, ou vivaient dans des conditions abominables. Entre les rumeurs, les on-dit, les non-dits surtout, elle se doutait que l'histoire de Néo ressemblait à la leur.

Elle n'était pas certaine de vouloir vérifier à quel point.

Elle n'était pas certaine d'avoir le courage, la force, de supporter un ami à fleur de peau. Avec tout ce que cela pouvait impliquer de larmes et de malentendus.

Pourtant, ce fut elle qui, spontanément, rassembla ses affaires de cours et attendit dans le préau afin de les lui rendre. Quand il la vit, Néo passa la main dans sa chevelure ébouriffée et sourit, mais ses traits étaient plus sombres qu'à l'accoutumée. Plusieurs professeurs exigeant qu'il passe devant le conseil de discipline, celui-ci serait réuni avant la fin du mois.

– Je n'ai pas trop envie d'en parler, conclut-il en haussant les épaules. Au pire, je serai exclu une semaine, voilà... En tout cas, tu as bien fait de m'attendre, j'ai le portrait de ton cheval.

Il fouilla dans son sac, en tira une pochette et l'ouvrit.

– Il a l'air très doux, dit-il en lui tendant son dessin – un mélange de gouache et de fusain.

Pénélope arqua un sourcil.

Doux ? Ce n'est peut-être pas le terme que j'aurais employé…

Puis elle vit l'illustration, réalisée à partir des photos qu'elle lui avait envoyées. Les oreilles pointées vers l'avant, son chanfrein large, légèrement busqué et son œil à demi dissimulé par de longs crins gris, Atlas la regardait, de trois quarts. Il y avait tant de tendresse dans son expression que la jeune fille, bouleversée, réalisa que Néo avait raison.

Atlas était doux.

Incroyablement doux.

Mais cette douceur, il ne la réservait qu'à elle seule pour le moment.

– Ça… Ça ne te plaît pas ? interrogea-t-il, se frottant les mains l'une contre l'autre.

– Si ! Si, bien sûr ! C'est… c'est juste que… Tu as réussi à lire en lui quelque chose que je n'avais jamais vu !

– J'aime bien les chevaux.

Pénélope rangea précieusement le dessin dans son sac et leva la tête.

– Ça te dirait de le rencontrer ?
– Je sais pas trop. Un de ces quatre, pourquoi pas…
– Demain ?
Néo secoua la tête en riant. Un rire franc, joyeux.
– Demain, je peux pas, j'ai une réunion de famille. Mais je viendrai vendredi, si tu veux ! J'imagine que tu y seras ?
– Bien sûr ! Dès que j'ai un moment libre, tu sais…
– Je sais. Ma sœur était pareille.
La tristesse, de nouveau, obscurcit le visage de Néo.
– D'accord, dit très vite Pénélope, fourrant le nez dans ses affaires pour chercher la clef de son antivol et masquer sa gêne. Je t'enverrai l'adresse du club par mail. Alors… À samedi ?
– À samedi !
L'adolescente fila comme une voleuse sous les flocons et pédala rapidement jusqu'à La Balzane. Trop rapidement. À braver la neige, le vent et le froid, elle arriva sur place les poumons brûlants, les muscles en feu. Elle se sentait coupable d'avoir abandonné Néo. De ne pas lui avoir posé de question. De s'être sauvée ainsi.

Elle posa sa bicyclette à sa place habituelle et entra dans l'écurie. La plupart des box étaient vides. Val et Isa, la seconde monitrice, donnaient un cours. La première, dans le grand manège. L'autre, avec les poneys, dans le petit.

En reconnaissant le pas de Pénélope, Atlas s'approcha de la porte pour guetter son arrivée. Elle lut un tel mélange de confiance et d'amour dans ses yeux qu'elle faillit éclater en sanglots.

9

Néo aimait les chevaux, et ceux-ci le lui rendaient bien. Vaillant frotta sa tête contre lui, abandonnant des poils cuivrés sur son pull de laine et Lady, pur-sang arabe au tempérament délicat, daigna presser le bout de son nez contre sa paume. Même Atlas, d'ordinaire si ombrageux, se laissa approcher sans rechigner.

– Je suis jalouse, déclara Pénélope. Avec moi, au début, il avait toujours les oreilles en arrière.

– Tu m'as dit qu'il avait été maltraité ?

– Oui, répondit-elle en commençant à panser la robe grise de son ami. J'ai essayé de me renseigner, j'ai même passé une annonce sur un forum mais pour l'instant, je n'ai pas appris grand-chose. Je sais qu'il vient peut-être du Maroc, qu'il a eu un propriétaire, que son attitude en extérieur et sa peur de l'eau seraient le résultat d'un accident et qu'il a été trimballé de club en club ces dernières années…

– Ça fait pas mal de raisons pour être méfiant, tu ne crois pas ?

Elle acquiesça en silence.

– Tu sais, reprit-il avec gentillesse, si Atlas m'a permis de l'approcher, ça prouve qu'il a fait des progrès avec toi.

Pénélope le dévisagea avec surprise. Il y avait décidément deux Néo : celui du club et celui du collège. À croire qu'il avait un jumeau… ou souffrait d'un dédoublement de personnalité !

En silence, elle termina de préparer le petit barbe gris. Une fois qu'il fut sellé, elle ouvrit la porte du box et le guida vers le manège. Néo l'accompagna jusqu'au bâtiment couvert et s'accouda au pare-bottes. Arrivées quelques minutes auparavant, Judith, Gillian et deux autres cavalières avaient commencé à détendre leurs chevaux. Surprises de voir Néo, les adolescentes s'approchèrent de lui.

Gillian recula les épaules : cela suffit pour que Vaillant effectue un arrêt impeccable devant le jeune homme. Judith, elle, eut plus de peine à maintenir Salsa immobile.

– Je savais pas que tu montais ! lança Gillian, les yeux étincelants sous son casque noir. Tu t'es inscrit quand ?

– Je suis juste venu voir les chevaux, grogna-t-il.

Pénélope réprima un sourire. Le Néo du collège n'avait peut-être pas complètement disparu, après tout. Elle ajusta sa sangle et ses étriers, se hissa sur Atlas et, d'un claquement de langue, le mit sur la piste. Le barbe s'était métamorphosé. L'animal rétif et indifférent qu'elle avait monté quelques semaines plus tôt était désormais attentif à sa présence, concentré sur ce qu'elle lui demandait.

Pendant le cours, Gillian fit son possible pour être admirée. Vaillant, toujours docile, effectua les exercices avec grâce, allures souples, encolure arquée. Pénélope, tentée de rentrer dans le jeu de son ennemie, renonça vite. Atlas avait besoin de sa présence et de son entière attention. Accaparée par son petit barbe, elle réalisa à la fin de la séance, seulement, que Néo s'était éclipsé.

Elle le retrouva perché sur le mur du box d'Atlas, un carnet de croquis à la main.

– Je pensais que tu étais parti, dit-elle en débarrassant le cheval de son harnachement.

– Pas sans toi.

Gênée, Pénélope rangea la selle et le filet d'Atlas et, saisissant une poignée de paille, entreprit de frotter son dos humide de sueur. Judith et Gillian s'approchèrent, Anne sur leurs talons. Le petit barbe baissa les oreilles et leur jeta un regard soupçonneux.

– Tu veux venir avec nous ? demanda Gillian à Néo, ignorant délibérément la jeune fille. On va prendre un chocolat chaud, avec les autres. Ce serait l'occasion de faire connaissance…

– Tu dessines quoi ? interrogea Anne, se hissant sur la pointe des pieds pour l'atteindre.

Sans descendre de son perchoir, Néo leur montra brièvement ses esquisses.

– T'es super doué ! s'exclama Gillian.

Haussant les épaules, Néo leur tourna le dos et tendit son cahier à Pénélope. Il avait dessiné la brouette pleine d'orge, les étrilles et les brosses posées dans les bacs de rangement, Tom jouant avec Lucky à l'extérieur et Lady, aristocratique jusque dans son regard ombré de cils blancs.

Les cavalières, exaspérées, tournèrent les talons et se dirigèrent vers le club house sous une averse glacée.

– Tu ne les aimes vraiment pas, on dirait…

Néo secoua la tête, le visage sombre soudain.

– Je ne peux pas supporter ce genre de nanas, siffla-t-il – et dans sa voix, il y avait tant de colère que Pénélope recula. Des pétasses superficielles, comme Dana. Toujours prêtes à enfoncer les autres pourvu que ça augmente leur cote de popularité…

– Tu exagères un peu, tu ne crois pas ?

– Non, Pénélope. Je n'exagère pas. C'est à cause de filles comme elles que ma sœur est morte, tu vois.

Il demeura immobile, poings serrés, comme pour lutter contre une vague invisible, une vague de souffrance et de rage menaçant de le submerger, puis se détendit imperceptiblement et sauta de son perchoir.

– Je vais y aller.

– D'accord.

– Je passerai voir Atlas demain. Si tu veux bien, ajouta-t-il doucement.

Pénélope acquiesça avec un sourire timide et le regarda s'éloigner.

Qu'était-il arrivé à sa sœur pour qu'il y ait une telle colère en lui ?

Val la rejoignit, discrète à son habitude.

– C'était une bonne séance, aujourd'hui, déclara-t-elle, caressant le chanfrein d'Atlas. Vous vous êtes bien débrouillés tous les deux.

– Merci.

– Le garçon qui a assisté au cours, c'est ton copain ?

– Non, répondit Pénélope avec un sourire. Non, c'est un ami du collège. Il dessine très bien et il a des problèmes, alors…

Spontanément, elle raconta ses premiers échanges avec Néo. Le carnet de croquis. Son agressivité, comme s'il en voulait au monde entier. Le secret qui l'entourait, ce qu'elle venait d'apprendre au sujet de sa sœur.

– Elle est morte, et je crois que c'est à cause de ça, de ce qui lui est arrivé, qu'il est comme ça, conclut Pénélope. Mais je n'ose pas trop lui poser de questions. J'ai peur qu'il m'envoie balader.

– Peut-être qu'il y a des choses qui doivent rester enfouies, répondit Val. Peut-être que tu n'as pas besoin de connaître son passé pour l'aider ?

L'adolescente rumina ces mots jusque chez elle, en pédalant sous la pluie.

– Comment c'était, aujourd'hui ? demanda son père quand elle entra dans le salon.

– Super !

– Atlas s'est bien comporté ?

– Il est adorable, maman. Il a changé. Vraiment. Il est…

Elle se mordit les lèvres. De nouveau, il lui semblait difficile d'exprimer ce qu'elle ressentait. Cette fusion entre Atlas et elle, cet amour inconditionnel. Partagé. Plus profond que ce qu'elle avait jamais éprouvé pour un cheval. Même Vaillant.

– Il y a… Il y a un truc entre nous, vous savez, murmura-t-elle enfin.

Ils échangèrent un regard.

– Et Vaillant ? interrogea sa mère.

– C'est… différent. Avec Atlas, je veux dire. Lui et moi, on est…

La sonnerie du téléphone l'interrompit.

Heureuse d'échapper à leurs questions, n'osant interpréter le coup d'œil de ses parents, Pénélope monta dans sa chambre avec une tasse de chocolat chaud et un morceau de brioche, l'une des spécialités de son père.

Elle alluma son PC. Se rendit aussitôt sur le forum auquel elle s'était inscrite. Découvrit les rares réponses qu'elle avait reçues.

L’une disait : « Il est trôôô mignon » avec des cœurs partout, une autre lui reprochait de citer les noms des centres équestres. Une troisième avait écrit qu’elle faisait passer le mot. Une quatrième, « ÉtoileetUlysse », lui signalait qu’elle la contactait en privé.

L’adolescente cliqua dans sa boîte de réception.

De : ÉtoileetUlysse
À : Pénélope98
Posté le : 13 novembre à 16:32
Sujet : ton cheval

Salut,

J’ai lu ton message et j’ai reconnu le cheval dont tu parlais, Atlas. Il est passé dans mon ancien club il y a quatre ans. Il n’est resté qu’un été, après ils l’ont revendu parce qu’il éjectait tout le monde. Il me faisait assez peur mais un peu pitié aussi, parce que personne ne l’aimait et ne voulait le monter, il fallait toujours une cravache et lui mettre le filet quand on arrivait dans sa stalle pour le brosser.

Ce que je sais, c’est qu’il appartenait à un maquignon qui mettait ses chevaux en dépôt-vente dans plusieurs clubs et qu’il y a eu des plaintes contre lui.

Je ne peux pas t'en dire plus, parce que j'ai quitté le club mais je crois que ce type n'exerce plus.

Bonne chance !

Sandy

Un loueur, des mauvais traitements. Le cas d'Atlas se complexifiait sans apporter de réponses aux questions que la jeune fille se posait. Passé de main en main, le barbe était entré dans un cercle infernal. Déstabilisé, apeuré, il se défendait face à des humains effrayés qui se protégeaient en retour…

Une fois encore, Pénélope songea à Néo, à la façon dont il se comportait en classe, avec leurs professeurs et avec la plupart des élèves. Une fois encore, Pénélope ne put s'empêcher de s'interroger.

Et les mots de Val revinrent comme un boomerang.

Peut-être que tu n'as pas besoin de connaître son passé pour l'aider ?

La monitrice avait raison. Cela valait sans doute pour Néo comme pour Atlas. Pourtant, Pénélope ne pouvait taire les questions qui jaillissaient dans son esprit.

Après le repas, elle monta rapidement se coucher et lut jusqu'à ce que ses paupières se ferment toutes seules. Mais une fois la lumière éteinte, elle eut du mal à trouver le sommeil. Ne cessant de se tourner dans son lit, elle songeait à Atlas et à l'échéance donnée par Éric, à Néo et son conseil de discipline, à ce qui liait le cheval et l'adolescent... Sans Atlas, Pénélope n'aurait jamais eu envie de *regarder* derrière l'image rebelle et insolente de Néo. Sans Néo, elle n'aurait pas été capable de voir toute cette douceur dans les yeux d'Atlas.

Restait à les comprendre.

À les sauver.

L'un, de la spirale qui le conduirait inévitablement à la boucherie.

L'autre, de lui-même. S'il acceptait son aide bien sûr.

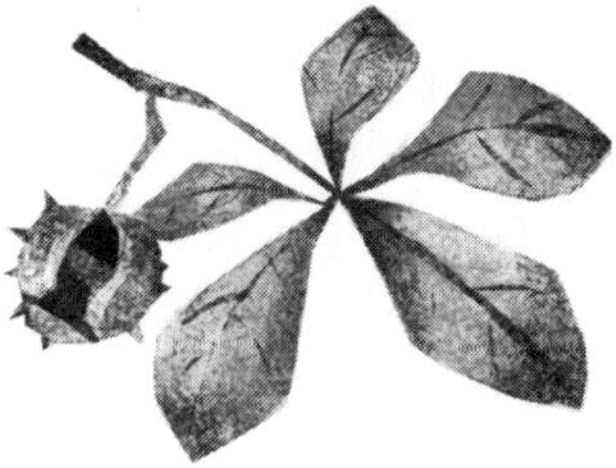

10

Le soleil teintait d'or les feuilles mortes et nimbait la carrière de reflets pâles et doux. Les cavaliers, Gillian, Anne, Lou, Mathilde et Max, un garçon qui ne montait que le week-end, étaient chaudement vêtus : gants de laine et écharpes, blousons épais leur permettaient d'affronter le froid de novembre.

Avant de les rejoindre, Pénélope remonta la fermeture de son blouson et donna à Atlas un bonbon à la pomme. Il croqua la friandise avec gourmandise et, le temps que la jeune fille ouvre la barrière, appuya son chanfrein contre elle.

Une fois à l'intérieur, elle ressangla, régla ses étriers et rejoignit la piste derrière les autres.

Être la dernière lui convenait parfaitement ; ce qu'elle détestait, c'était se retrouver au milieu. Cela lui donnait le sentiment d'être coincée.

Quand Val les rejoignit, juchée sur la belle Lady, une bouffée d'angoisse envahit Pénélope. Ils allaient partir en balade. Dans la forêt. À travers champs.

Atlas a peur, dehors. Qu'est-ce que je vais faire, moi, s'il pète les plombs ?

Ventre noué. Cœur dans un étau. Elle inspira profondément, tenta de se détendre. Chaque semaine, Atlas et elle s'entraînaient à l'extérieur. Chaque soir, ils effectuaient des exercices en liberté. Ils avaient confiance l'un en l'autre. Tout irait bien.

– Pénélope, derrière moi ! ordonna la monitrice. Ensuite, Gillian, Lou et Max. Mathilde, tu resteras derrière avec Salsa.

Une fois certaine que tous avaient obéi, Val prit la direction du terrain d'entraînement. Ils le longèrent au pas, observant les benjamins du club et leurs shetlands s'entraîner, puis s'enfoncèrent dans les bois. Atlas était nerveux. Encolure haute, oreilles en mouvement, il frémissait au moindre craquement. Fit un écart en passant près du tronc d'un arbre mort. Sursauta quand un oiseau s'envola, à quelques mètres d'eux.

– Tout va bien ? demanda Val, alors que le groupe arrivait à la croisée des chemins.

– Ça va, répondit l'adolescente. Il est inquiet, mais chauffe[1] moins que je ne le pensais.

– Il a foi en toi.

Touchée, Pénélope enfouit sa main dans les mèches grises du barbe et le grattouilla, juste à la naissance de la crinière.

– Il a fait beaucoup de progrès, tu sais, poursuivit la monitrice. Isa et moi, on a remarqué qu'il était moins méfiant au box. Et pendant les cours, il se montre plus réceptif à ce qui lui est demandé.

Réprimant une vague de jalousie – elle aurait voulu être la seule à s'occuper d'Atlas, à le monter –, Pénélope esquissa un sourire.

– Tu crois qu'Éric va le garder, alors ?

– Je l'espère.

– Ça m'étonnerait ! intervint Gillian. Je l'ai entendu dire qu'il allait se séparer de plusieurs chevaux, l'autre jour. À mon avis…

– Phébus et Plume partent à la retraite, Hippie s'en va dans le sud de la France, chez sa propriétaire, coupa sèchement Val. C'est tout. Rien n'a encore été décidé à propos d'Atlas.

Malgré son ton rassurant, Pénélope doutait.

1. Un cheval qui « chauffe » est un cheval qui s'énerve.

Parce qu'elle le devinait, Atlas ne serait jamais un cheval facile.

Parce qu'il suffirait d'une erreur, d'une maladresse de la part de son cavalier pour qu'il redevienne rétif et malheureux.

Si seulement mes parents acceptaient de l'acheter... Pour cela, il faudrait que je leur en parle. Sérieusement.

– Gardez bien vos distances, nous allons prendre le trot, puis le galop ! annonça Val.

Un instant plus tard, Lady s'élançait sur le sable alourdi par la pluie. La jument avait envie de courir, cela se devinait à la façon dont elle bondissait sur la piste. Sa cavalière demeurait ferme ; la jolie pur-sang se calma rapidement et adopta une cadence régulière. Pénélope, qui craignait que l'énervement de Lady ne déteigne sur Atlas, se détendit un peu. Quand ils passèrent à l'allure supérieure, Atlas secoua la tête, mais n'essaya à aucun moment de se dérober ni de fuir.

Coups de feu. Bien trop près.

Tumulte affolé dans les sous-bois.

Deux sangliers effrayés par des chasseurs jaillirent devant les chevaux et traversèrent le chemin à toute allure.

Lady hennit, renâcla. Atlas se cabra, effrayé.

Instinctivement, Pénélope se pencha sur son encolure, le rassura de la main, de la voix. Autour d'eux, le chaos. L'éternité concentrée dans un seul instant. Les hurlements terrifiés de Gillian. Ceux de Val.

– Arrête de crier ! Mets tes épaules en arrière !

Retour à la réalité, à temps pour apercevoir Vaillant foncer à toute vitesse, droit devant lui.

Sans réfléchir, Pénélope pressa les flancs d'Atlas et se lança à leur poursuite.

Rythme assourdissant de la course, martèlement des sabots sur le sol. Impression de ne faire qu'un avec Atlas, de sentir chacun de ses muscles comme si c'étaient les siens.

Le sang rugissant dans leurs veines.

Leurs cœurs à l'unisson.

Devant eux, éclair cuivré entre les troncs dénudés, Vaillant. L'alezan avait quitté le chemin, fonçait à travers bois sans se soucier des branches basses ni des buissons. Gillian ne hurlait plus. Plaquée contre l'encolure, elle s'efforçait tant bien que mal de tenir en selle. Esquivant les racines, sautant par-dessus les fossés, Atlas et Pénélope gagnaient du terrain. Plus qu'une dizaine de mètres avant de les rattraper.

Soudain, un hennissement, un cri.

Atlas ralentit.

Pénélope mit pied à terre, se précipita en direction de Vaillant et de sa cavalière.

Glissant sur les feuilles mortes, l'alezan était tombé dans une combe. Il s'était relevé, mais semblait sonné. Quant à Gillian, elle gisait contre des rochers. Sans lâcher les rênes d'Atlas, Pénélope la rejoignit prudemment. Dérapa plusieurs fois sur le tapis d'humus. Réussit tant bien que mal à préserver son équilibre et parvint auprès de la jeune fille. Celle-ci, livide, avait fermé les yeux.

– Gillian…

L'adolescente papillonna des cils.

– Je crois que je me suis cassé le bras, gémit-elle, de grosses larmes roulant sur ses joues. Je n'arrive plus à le bouger et j'ai mal.

– C'est juste le bras ? demanda Pénélope. Ni le dos ni les jambes ?

Gillian secoua la tête en signe de dénégation.

– Alors je vais t'aider à te relever. D'accord ?

Elle acquiesça en reniflant. Lui tendit sa main valide. Pénélope la tira vers elle puis, passant son bras sous son épaule, lui permit de se redresser.

Rassuré par la présence de son congénère, Vaillant se rapprocha. Il resta à quelques mètres d'eux, encore un peu étourdi.

– J'ai la tête qui tourne...

– Il faut qu'on retourne vers le club, tu sais. Val et les autres ne sont peut-être pas loin, mais le temps que les secours arrivent...

– Je déteste les chasseurs.

– Moi aussi, sourit Pénélope, rassurée de la voir retrouver un peu de mordant. Dis, tu te sens capable de tenir en selle ?

– Je ne veux pas remonter Vaillant.

Évidemment. Gillian avait peur de lui, maintenant.

Inspirant un grand coup, elle l'aida à s'approcher du petit barbe gris. Par la droite, son membre brisé l'empêchant d'aborder le cheval du bon côté[1].

Ce ne fut pas facile.

Atlas remua un peu. Gillian faillit tomber. Une fois qu'elle fut en selle, Pénélope attrapa les rênes cassées de Vaillant et, un cheval de chaque côté, quitta la ravine.

Où aller, à présent ?

1. Traditionnellement, on aborde toujours un cheval par la gauche et on se met en selle de ce côté. Le T.R.E.C. apprend aux cavaliers et aux chevaux à inverser la tendance.

Au milieu des bois, elle était perdue et ne savait pas quelle direction prendre pour retrouver le chemin du club. Atlas et Vaillant le pouvaient, en revanche. Instinct. Mémoire. Sens de l'orientation. Tout cela à la fois. Elle n'avait d'autre choix que se fier à eux.

Je dois monter Vaillant et continuer à tenir Atlas…

Jamais encore Pénélope n'avait tenté cela. Curieusement, elle aurait préféré, pour cette première expérience, rester sur Atlas et prendre l'alezan en main. Le cœur battant, elle monta sur Vaillant et tira légèrement sur les rênes de son ami. Celui-ci obéit sans broncher.

Il saisit la gravité de la situation, comprit Pénélope. *Il fait tout ce qu'il peut pour aider…*

Elle avait souvent entendu parler de chevaux fougueux, capables de la plus grande douceur avec des enfants et des liens incroyables qui se développaient entre des cavaliers atteints de handicap et leurs montures. Voir Atlas aussi attentif l'émut profondément.

Il ne doit *pas partir.*

– Pénélope ! Gillian !

Elles avaient retrouvé la piste depuis un quart d'heure environ et avançaient au pas quand les appels retentirent.

– On est là ! cria-t-elle.

Vaillant sursauta. Atlas fit un léger écart.

– Doucement, chuchota-t-elle. Tout va bien… Gillian ? Est-ce que tu te sens capable d'accélérer un peu ?

La blessée hocha la tête.

– Faudra juste que je m'accroche à la crinière, souffla-t-elle, mais ça devrait aller. Pénélope…

– Oui ?

– Ton cheval est génial.

– Merci pour lui.

Alors, pressant les flancs de Vaillant, elle s'engagea au trot dans l'allée.

11

À cause de l'accident, Gillian ne pouvait participer au concours de T.R.E.C. qui aurait lieu le premier week-end de décembre. Val et Éric avaient proposé à Pénélope de la remplacer. « Tu monteras un peu Vaillant, comme ça ! » La jeune fille avait hésité, avant de refuser. Si elle concourait, ce serait sur Atlas. Elle adorait Vaillant, mais aurait l'impression de trahir le petit barbe gris. Comme il n'était pas tout à fait prêt, Val et Éric hésitaient à la laisser participer. Elle aurait sa réponse à la fin de la semaine, au plus tard.

Assise près de la fenêtre, Pénélope écoutait distraitement le cours. Son esprit dérivait, vers le club de La Balzane, dans la forêt, souvenir du week-end, vers l'avenir, aussi.

Avec Atlas.

Toujours avec Atlas.

Il faut absolument que je parle à papa et maman.

Elle avait tout calculé : le prix approximatif qu'il coûterait, la demi-pension, les frais de maréchalerie et les visites du vétérinaire. C'était un investissement, bien sûr. Mais elle savait que ce n'était pas le réel problème. Ce qui retenait ses parents, c'était que, d'ici quatre ans, leur fille irait poursuivre ses études dans une grande ville, en Allemagne ou en France. Que deviendrait Atlas alors ?

Je l'emmènerai. Il me suffira de louer un van et de me renseigner sur le prix des pensions…

– Pénélope, peux-tu répéter ce que je viens de dire ?

Prise en défaut, elle sursauta, regarda M. Récamier, son professeur de géographie, en rougissant.

– Si je comprends bien, les flux migratoires vers l'Europe ne t'intéressent pas ? poursuivit-il, sourcils froncés.

– C'est-à-dire que…

– C'est-à-dire que rien du tout. Tu viendras me voir à la fin de l'heure et tu m'apporteras ton carnet de correspondance, au passage.

Pénélope baissa la tête. C'était injuste. Elle restait dans son coin sans faire de bruit, ne gênait personne, contrairement à Kévin, Max ou Rayan, qui ne cessaient de chahuter. Mais elle offrait une cible facile, ne risquait pas de se rebeller. Avec un soupir, elle s'efforça de se concentrer sur les propos de M. Récamier pendant les vingt dernières minutes. Quand la sonnerie retentit, alors que ses camarades se bousculaient vers la sortie, elle gagna, tête basse, le bureau.

– Que t'arrive-t-il, en ce moment ? interrogea-t-il d'un ton plein de sollicitude. Tu sembles toujours ailleurs…

– Désolée.

– Tu as des problèmes, chez toi ?

Pénélope secoua la tête, plongea les yeux dans ceux de cet homme aux traits secs, moins sévère et plus fin qu'elle ne le pensait. La seule raison pour laquelle il s'était montré dur avec elle, c'était qu'il était inquiet et voulait lui parler seul à seule. Pénélope se sentit un peu honteuse de l'avoir mal jugé.

– Moi, ça va, dit-elle enfin, mais j'ai un ami qui a de gros problèmes et je ne sais pas comment l'aider. Deux amis, en fait.

– Je vois, dit M. Récamier, commençant à rassembler ses affaires. Pour cette fois, parce que tu es une bonne élève, je n'écrirai aucune remarque dans ton carnet. Mais tâche de te montrer plus attentive, à l'avenir.

– Oui, monsieur, dit-elle, en tournant les talons, soulagée.

– Et... Pénélope ?

Elle se retourna avec un sourire incertain.

– Parfois, tu sais, il suffit de demander.

Pénélope hocha la tête et s'éclipsa rapidement. Sans doute avait-il raison. Sans doute serait-il plus simple de poser la question à Néo. Les questions, plutôt.

Pourquoi détestes-tu autant le collège ? Pourquoi veux-tu à tout prix être détesté ? Pourquoi te montres-tu aussi hostile, alors que tu es si gentil ? Qu'est-il arrivé à ta sœur ?

Impossible. Tout ce qu'elle gagnerait serait d'être rejetée. Peut-être valait-il mieux suivre le conseil de sa monitrice : prendre Néo comme il était, sans chercher à savoir ce qu'il n'était pas prêt à dévoiler. Quand elle traversa la cour, Gillian, tout juste sortie de l'hôpital, agita sa main valide et lui fit signe d'approcher. Dana et son habituelle bande de groupies n'étaient pas avec elle. Déjà parties, probablement.

– Salut, dit-elle en la rejoignant.

– Salut, répondit Gillian, soudain gênée. Je me demandais... C'est nul, je sais, mais...

Tu serais d'accord pour mettre un mot sur mon plâtre ?

– Si tu veux.

– Bon, ben… À tout à l'heure, alors !

– D'accord.

Pénélope la regarda s'éloigner avant de se détourner et de rejoindre Néo. L'attitude de Gillian ne la surprenait pas plus qu'elle ne la comblait de joie. Elle s'attendait, après son exploit de samedi, à ce que le regard que les autres portaient sur elle évolue. S'étonnait presque que le sien ne change pas, de n'éprouver qu'un vague soulagement à l'idée que Gillian ou Dana cessent de la considérer comme une ennemie.

La vérité, c'est que ces filles ne m'intéressent pas.

Appuyé contre le vieux marronnier, Néo patientait en dessinant.

– Je suis convoqué en fin d'après-midi avec mes parents, déclara-t-il, les épaules basses, en la voyant arriver.

– Chez la CPE ?

– Non. La proviseure, marmonna-t-il.

Avec ses boucles brunes, ses taches de rousseur et ses longs cils, il ressemblait à un gosse désemparé, non à l'adolescent rebelle qui rejetait ses camarades et s'était mis ses professeurs à dos.

– Et maintenant, qu'est-ce qu'il va se passer, à ton avis ?

– Je crois qu'elle a décidé d'une « mesure de responsabilisation[1] », ou une connerie du genre. De toute façon, je m'en fous.

– Menteur.

Il la dévisagea, furieux.

– Tu ne serais pas dans cet état si tu n'en avais vraiment rien à faire, poursuivit Pénélope, bravant ses yeux qui se teintaient d'orage.

Vaincu, le garçon se radoucit, esquissa une moue contrite.

C'est le moment ou jamais.

– Néo, je peux être franche avec toi ?

– T'as déjà commencé, non ?

– Je ne comprends pas pourquoi tu te comportes comme ça. Comme une brute. Comme un *con*, ajouta-t-elle devant sa moue à la fois moqueuse et butée. Tu es quelqu'un de bien. Je t'ai vu avec les chevaux et… et tu dessines super bien ! T'as un don pour ça, tu sais ? Alors, pourquoi tu fiches tout en l'air ?

Néo serra les dents sans répondre, les traits voilés par une soudaine tristesse. Prise de remords, Pénélope posa la main sur son bras.

1. Il s'agit, pour l'élève, de participer à des activités culturelles, de solidarité ou de formation à des fins éducatives. Elle se déroule en dehors des heures d'enseignement et ne peut durer plus de vingt heures.

Il se dégagea sèchement. S'éloigna sans la regarder, pas assez vite, toutefois, pour dissimuler ses larmes. Elle demeura immobile, la gorge nouée, observant sa silhouette voûtée comme celle d'un vieillard monter les marches menant à la cantine.

J'aurais dû suivre le conseil de Val et me taire.

Pourtant, la jeune fille ne regrettait pas entièrement ses paroles. Parce qu'elles étaient sincères. Parce qu'elle ne savait comment tirer son ami de la spirale destructrice dans laquelle il s'était engagé.

La pluie se mit à tomber, baignant les salles de classe dans une atmosphère grise et froide. Le reste de la journée, cours de musique, cours d'éducation civique, cours de mathématiques, se déroula lentement. Trop lentement au goût de l'adolescente. Quand la dernière sonnerie de la journée retentit, elle voulut parler à Néo, mais il s'esquiva sans lui laisser le temps de le rattraper.

Déprimée, Pénélope prit son vélo et pédala jusqu'au centre équestre. L'accueil mouillé et enthousiaste des chiens lui réchauffa le cœur. Celui d'Atlas, impatient de la retrouver, acheva de lui rendre le sourire. Elle passa de longs moments avec lui, à démêler sa crinière, à lui parler. Quand elle rejoignit la monitrice sous le manège couvert, celle-ci l'attendait avec une bonne nouvelle.

– C'est d'accord ! annonça-t-elle en guise de salut. Dans quinze jours, Atlas et toi participerez au concours de T.R.E.C. Alors, à partir d'aujourd'hui, bâche, plastiques et gué en priorité !

Durant la séance, Pénélope présenta à son cheval des sacs et de larges lanières de caoutchouc, les agita devant lui, les glissa le long de son corps afin de l'y habituer. Pendant le parcours en terrain varié, il pourrait leur être demandé de passer sous des branches basses, représentées par de semblables matériaux. La bâche bleu électrique, elle, figurait le gué. Atlas y était habitué à présent et ne fit aucune difficulté à marcher dessus.

– Te sens-tu d'attaque pour faire un tour dehors, malgré l'averse ?

Pénélope se mordit les lèvres. Cette journée l'avait éprouvée. Elle ne voulait pas risquer un échec aujourd'hui. Pas avec Atlas.

Quand elle alluma son ordinateur, ce soir-là, un message l'attendait. Pas de Néo, mais du directeur du club de la Roncière, qu'elle tenait régulièrement au courant des progrès d'Atlas.

De : info@clubequestredelaronciere.com
À : penelopecavaliere@yahoo.fr
Re : Atlas

Bonjour Pénélope,

Je suis ravi de ces bonnes nouvelles ! Atlas a du potentiel et méritait une cavalière comme toi. De mon côté, je me suis renseigné, parce que ton intérêt pour ce petit cheval m'a touché.

J'ai réussi à remonter une piste et voici ce que j'ai appris : Atlas et son premier propriétaire ont été victimes d'un accident, en randonnée. Apparemment, Atlas a eu peur en traversant un pont. Il a glissé dans une rivière et tous deux ont été emportés par le courant. Cela explique beaucoup de choses, je pense. Et j'espère que cela t'aidera à le comprendre.

Amicalement,

Jean-Philippe Coquelet

12

Néo l'évita pendant le reste de la semaine. Il ne parlait à personne, ne provoquait personne, pas même Muguet, le professeur d'allemand, son ennemi intime. Il se faisait plus discret qu'une ombre, comme s'il s'efforçait de disparaître à tout prix.

Pénélope, blessée, reprit sa routine, à la différence qu'elle déjeunait au self avec Gillian, Judith et les autres. Dana ne l'appréciait pas, mais la tolérait. Pénélope, elle, s'en moquait. Elle n'écoutait leurs conversations qu'à moitié, n'attendant qu'une chose : la reprise des cours pour être débarrassée d'elle, la fin de la journée pour retrouver Atlas et rester le plus longtemps possible avec lui.

Au club, le terrain était devenu impraticable. Le mauvais temps avait transformé le sol en une boue épaisse et collante. Alors, Atlas et elle s'entraînaient dans le manège, en espérant que cela suffirait.

Ce dont la jeune fille était particulièrement fière, c'était des transitions d'allures qui avaient pour finalité de les préparer au couloir, épreuve durant laquelle le couple devrait passer du galop le plus lent possible à un pas très rapide. Son ami prenait un réel plaisir à ces exercices, s'arrêtant dès qu'elle *pensait* à le lui demander, accélérant à la moindre pression de jambes, ralentissant dès qu'elle serrait les doigts sur les rênes et reculait ses épaules. Et Pénélope était capable de sentir la moindre de ses émotions – joie, hésitation, crainte, confiance.

Dans ces moments-là, la jeune fille avait le sentiment que leurs cœurs battaient à l'unisson, que leurs âmes n'étaient qu'une.

– Tu crois qu'Éric va le garder, Val ? demanda-t-elle, après un exercice particulièrement réussi.

– Je l'espère, répondit la monitrice.

– Tu n'en es pas sûre ?

– Tant qu'il ne l'aura pas dit, je préfère ne pas m'avancer. Tu sais, Atlas n'est pas un cheval facile malgré ses progrès. Disons, plus exactement, que sa mauvaise réputation le précède : les cavaliers se souviennent de ses débuts et se méfient. Évidemment, il le sent, alors cela ne se passe pas toujours bien.

– J'essaie de convaincre mes parents de l'acheter. Mais ce n'est pas facile.

– C'est un sacré engagement, tu sais…

– Je suis prête.

– Je n'en doute pas, sourit Val.

Après la séance, ce soir-là, la jeune fille demeura longtemps dans le box d'Atlas. Le petit barbe ne manifestait plus aucune défiance lorsqu'elle le pansait. Au contraire, il fermait les yeux pendant qu'elle le brossait et frottait son chanfrein contre elle parce qu'il n'en avait jamais assez.

– *O Tannenbaum, o Tannenbaum,*
Wie treu sind deine Blätter !

Tout en peignant ses longs crins gris, elle fredonnait.

C'était devenu un rituel.

– *Du grünst nicht nur zur Sommerzeit,*
Nein auch im Winter wenn es schneit.

Un rituel qui leur permettait, l'un à côté de l'autre, l'un avec l'autre, de renforcer le lien qui les unissait.

– *O Tannenbaum, o Tannenbaum,*
Wie treu sind deine Blätter[1] *!*

Pénélope ne laisserait personne les séparer. Jamais. Elle lancerait une pétition. Resterait jour et nuit avec lui. Ferait une grève de la faim, s'il le fallait. Il était hors de question qu'Atlas quitte le club de La Balzane. La quitte, elle. Se retrouve, une fois encore, dans le circuit insensé des marchands de chevaux. Pour finir dans quel état ? Et où ?

– L'an dernier, murmura-t-elle, sa chanson terminée, j'ai décroché les félicitations. J'étais première en tout sauf en techno. Cette année, j'ai fait le calcul : 18 de moyenne, malgré les deux derniers DST que j'ai moins bien réussis. Je n'ai rien à me reprocher…

– Moi, si.

Cette voix, dans son dos…

Surpris, Atlas leva brusquement la tête. Pénélope se retourna, la main enfouie dans la crinière de son ami.

– Salut, Néo, dit-elle, à la fois confuse d'avoir été surprise dans ces moments d'intimité et heureuse de le voir.

1. Ô sapin ! ô sapin !/Comme tes feuilles sont fidèles !/Tu ne verdis pas seulement en été/Quand le soleil brille/mais aussi en hiver quand il neige./Ô sapin ! ô sapin !/Comme tes feuilles sont fidèles !

– Je suis vraiment désolé. Je me suis comporté comme un con, encore une fois.

– C’est pas grave.

– Si. Si, ça l’est, parce que t’avais raison sur toute la ligne, tu vois. C’est juste que… je ne sais pas trop par où commencer, souffla-t-il, baissant les yeux d’un air gêné.

– Par le début, peut-être ?

– T’as raison.

Mais, au lieu de se lancer, Néo resta planté là, silencieux. Pénélope hésita, puis ouvrit la porte de la stalle et l’invita à entrer.

– Tu m’aides à brosser Atlas ? Il suffit d’être doux avec lui…

Pénélope l’observait du coin de l’œil, pendant qu’il s’occupait du cheval. Sa proximité, les mouvements réguliers de l’étrille sur son poil gris, le détendirent peu à peu. Enfin, il trouva le courage de la regarder dans les yeux.

– J’ai pas mal réfléchi, depuis l’autre jour. Il y a ces heures que je dois faire au foyer des Tilleuls. Parler avec des vieux, tout ça… Et puis, il y a toi. Toi, avec ta gentillesse, tes bonnes notes, tes questions… Tu me fais penser à ma sœur, tu sais ? Elle s’appelait Léa. Elle avait trois ans de plus que moi.

Les mots moururent sur ses lèvres. Il baissa de nouveau la tête, s'absorba dans la contemplation de l'étrille. La jeune fille demeura un instant immobile et recommença, doucement, à peigner Atlas.

Si je veux savoir, c'est maintenant ou jamais.

Inspirant profondément, elle posa la question qui la préoccupait depuis près de deux mois.

– Qu'est-ce qu'il lui est arrivé, à Léa ?

– Elle s'est tuée.

Et d'un ton bas, rendu rauque par le chagrin, Néo raconta le déménagement, le nouveau collège de Léa. Les moqueries. De plus en plus méchantes, de plus en plus brutales.

Sa sœur ne disait rien, mais Néo voyait bien qu'elle était malheureuse. Auparavant si douce et si gaie, Léa se recroquevillait sur elle-même, ne sortait de sa coquille qu'avec les chevaux et les poneys. Il avait essayé de la défendre, à la récré. Ça n'avait fait qu'empirer les choses bien sûr. Un sixième volant au secours d'une troisième, c'était ridicule.

Le soir, elle était entrée dans sa chambre, furieuse. « Ne m'approche plus, ne me parle plus ! Mieux, fais comme si je n'existais pas, compris ? » Léa était revenue quelques minutes plus tard pour s'excuser et le supplier de ne rien raconter, ni aux parents ni à personne. « Ça ne servirait pas à grand-chose, et puis l'an prochain, c'est le lycée ! »

Sauf qu'elle n'était jamais allée au lycée.

– Au début, j'étais trop sonné pour réaliser, tu vois, poursuivit-il dans un souffle. Et puis, je me suis rendu compte que ce qu'elle a fait, ce qu'elle a subi, aurait pu être évité si un adulte s'en était mêlé. Si un seul prof avait eu le cran de dire « stop ». De prévenir le CPE, d'alerter nos parents…

– Peut-être que personne ne s'en était aperçu ?

– Tu parles ! Tout ce qu'ils voyaient, c'était que Léa restait trop souvent à l'écart et refusait de s'intégrer ! C'est la vérité, je te jure : j'ai lu ces mots sur son dernier bulletin scolaire.

La jeune fille posa la main sur la sienne. Elle comprenait mieux son attitude, à présent. Selon lui, le corps enseignant avait trahi sa sœur en refusant de comprendre ce qui se passait sous ses yeux ; quant aux Dana et aux Gillian, aux meneurs toujours prêts à se moquer, aux suiveurs trop lâches pour protester, il les tenait pour responsables du suicide de Léa. Sans compter qu'il devait culpabiliser d'avoir tenu parole. De ne pas avoir averti ses parents.

– On a déménagé, poursuivit Néo d'une voix brisée. Deux fois. Comme si les kilomètres suffisaient à estomper la douleur. Mais c'est impossible. Ça ne marche pas. On a juste réussi à cacher ce qui s'était passé. À faire semblant de tout recommencer…

– Je suis désolée. Désolée pour ta sœur. Pour toi.

Néo esquissa un sourire. Un drôle de sourire un peu tordu, triste et lumineux à la fois, qui éclaira son visage et creusa une fossette dans sa joue.

– Grâce à toi, je me suis aperçu que je me trompais. Que ce n'était ni aux autres ni aux profs que je faisais du mal. Mais à moi.

Des hennissements, le bruit de la brouette remplie d'orge, interrompirent leur discussion. Il était l'heure du repas. Après une dernière caresse à Atlas, Pénélope et Néo quittèrent le club de La Balzane et, juchés sur leurs vélos, prirent côte à côte le chemin du retour.

Épilogue

Championnat interclubs
six mois plus tard

Atlas ralentit. Il n'aimait ni les reflets du soleil dans l'étendue grise ni les abords glissants du gué. Il s'arrêta. Pénélope lui laissa le temps de renifler avant de presser les jambes contre son flanc et de lui relever la tête. Le barbe gris s'engagea avec hésitation dans l'eau et se dépêcha d'arriver de l'autre côté.

Pénélope le caressa, puis le mit rapidement au galop. Sans aucun effort, ils abordèrent le slalom qui comportait sept piquets de couleurs différentes. Poursuivirent avec le franchissement d'un premier tronc. À pied, celui-ci.

La jeune fille sauta à terre et, tenant son cheval par le bout des rênes, enjamba l'obstacle. Atlas sauta derrière elle. Une foulée, puis deux. Elle se remit en selle.

– La passerelle, maintenant ! murmura-t-elle.

Atlas renâcla de nouveau. Il détestait cet obstacle qui lui rappelait le pont et son accident. Lors du concours de décembre, il s'était cabré plusieurs fois. N'avait accepté de la suivre qu'après de longues minutes passées à le caresser, lui parler tout bas, le rassurer.

Il avait fait beaucoup de progrès depuis, et avait même réussi à se classer dans les cinq premiers au cours des épreuves du mois de mars.

Gillian, qui s'était remise en selle une fois son bras guéri, les avait aidés. En dépit de sa chute, elle était remontée sur Vaillant, déterminée à vaincre sa peur. « On a un marché, après tout ! » lui avait-elle lancé d'un ton crâne. Pénélope savait bien que l'affaire se terminerait, quelle que soit la gagnante, par une glace noyée sous la chantilly et quelques plaisanteries.

– On ne risque rien, Atlas, ne t'inquiète pas, chuchota Pénélope. Imagine que Vaillant est devant toi et tu verras, tout ira bien.

Elle enfouit les mains dans l'épaisse crinière de son ami, gratta son encolure pour le rassurer. Secouant la tête, il traversa. Aussitôt, ils repartirent, sautèrent le deuxième tronc. Abordèrent, au galop, le contre-haut, une pente raide qu'Atlas franchit, plein d'énergie. Les branches basses, figurées par des tiges horizontales et de petites bandes de caoutchouc, permirent à l'adolescente de se coller contre son encolure, de respirer son odeur familière et douce. Restaient un contrebas et un fossé.

À son abord, Pénélope se raidit. Elle n'avait jamais aimé ces tranchées. Peur irrationnelle d'un piège, crainte d'une jambe brisée. Elle avait entendu tellement d'histoires horribles à propos de chevaux abattus, parce qu'ils s'étaient cassé un membre en glissant ! Elle ne supporterait pas de perdre Atlas. Pas après ce qu'ils avaient vécu. Pas maintenant qu'il était *vraiment* à elle. Son cheval, sa moitié équine, son âme sœur !

Pendant la reconnaissance du parcours, on leur avait précisé qu'ils pouvaient rester au pas pour cette dernière épreuve. Cela ne leur rapporterait aucun point, mais c'était possible.

Je refuse de prendre le risque. Tant pis si on n'arrive pas premiers ! Gillian et Vaillant sont tout à fait capables de défendre les couleurs du club... Et puis, il y aura d'autres championnats de T.R.E.C., ici ou en Allemagne. Nous aurons tout le temps de nous y préparer.

Pénélope se redressa sur sa selle, prête à ralentir. Atlas ne lui en laissa pas le loisir. Le petit barbe gris accéléra l'allure. Prit son élan.

Et s'envola sans effort au-dessus de l'obstacle.

Remerciements

Dans mon parcours de cavalière, certaines rencontres ont été essentielles.

Celle avec Véronique, de l'École d'équitation de La Houssine, en fait partie. Par petites touches, elle est parvenue à transmettre un savoir, débloquer des « nœuds » équestres, effacer des peurs, ancrer des convictions aussi.

Merci à elle pour son enseignement et sa générosité.

Merci aussi à Paule et Salah, le « *horse whisperer* » du ranch Aïn Soltane, qui ont accueilli Keyrann au sein de leur centre équestre, le traitent comme un prince et m'ont permis de réaliser un rêve : avoir un poulain.

L'équitation, c'est aussi, surtout, essentiellement une affaire de… chevaux. Coups de foudre, apprivoisement mutuel, attachement, empathie, générosité, et plus encore.

J'ai connu énormément de poneys et chevaux, en quelque… trente (oups !) années de pratique. Je crois pouvoir me souvenir du nom de chacun d'entre eux et d'une anecdote à leur sujet, d'un instant de complicité partagée. Je ne les nommerai pas ici. Mais je sais que certains ont connu le destin hélas encore trop courant des montures devenues inutiles : la boucherie.

En leur mémoire, je voudrais mettre en lumière des associations qui se battent pour les sauver de l'abattoir, leur offrir des retraites heureuses ou leur donner, en leur permettant d'être adoptés, une autre chance.

Parmi elles :

APPA équidés

L'association a pour vocation de venir en aide à TOUS les animaux en détresse qu'on lui signale (dans la mesure de ses moyens) : chiens, chats, équidés, bétail.

www.appa-equides.org

Galop pour la vie

Cette association, reconnue d'intérêt général, a pour finalité le sauvetage, l'hébergement d'urgence et l'aide au replacement des équidés en détresse.

www.galoppourlavie.org

Cheval espoir

Cette association, reconnue d'intérêt général, a pour but la protection et le sauvetage d'équidés.

www.chevalespoir.com

A.D.A.D.A.

L'A.D.A.D.A. est la plus ancienne association nationale de défense et de protection de l'âne, de tous les ânes, de race ou non.

www.adada-assos.org

L'AUTEURE

Shetlands, comtois, islandais, trotteurs, percherons, lusitaniens, baudets du Poitou, camarguais, frisons, ou sans origine ni papiers... **Charlotte Bousquet** aime tous les équidés, et ce depuis qu'elle est en âge de leur donner des carottes... et de leur monter dessus. Cavalière-randonneuse, propriétaire de deux arabe-barbes, elle s'initie aujourd'hui à la monte en amazone ainsi qu'aux méthodes d'équitation éthologique.

À l'oreille d'Atlas est né, comme son tout premier roman, *Zaïna et le fils du vent*, d'une rencontre avec un cheval.

Auteure d'une bonne vingtaine de titres, Charlotte Bousquet vit en région parisienne avec son mari illustrateur et son chat. Chez Rageot-Éditeur, elle a aussi publié deux thrillers, *Le dernier ours* et *Proie idéale*.

L'ILLUSTRATEUR

Raphaël Gauthey est né à Paris en 1976. Depuis ses études à l'école Émile-Cohl, il vit à Lyon. Après avoir travaillé plusieurs années dans les jeux vidéo en tant qu'infographiste et animateur, il se consacre à l'illustration, principalement en littérature jeunesse.

Il réalise des albums, des couvertures de romans, des dessins pour la presse jeunesse, de la bande dessinée et collabore à des éditions étrangères.

Retrouvez la collection

Rageot Romans

sur www.rageot.fr

et www.livre-attitude.fr

PAPIER À BASE DE FIBRES CERTIFIÉES

RAGEOT s'engage pour l'environnement en réduisant l'empreinte carbone de ses livres. Celle de cet exemplaire est de :
403 g éq. CO_2
Rendez-vous sur www.rageot-durable.fr

Achevé d'imprimer en France en février 2014
par Hérissey à Évreux (Eure)
Couverture imprimée par Boutaux (28)
Dépôt légal : mars 2014
N° d'édition : 6005 - 01
N° d'impression : 121830